# 인간 여행 설명서
## WELCOME ON BOARD

# 인간 여행 설명서 WELCOME ON BOARD

**발행일**    2025년 1월 31일

**지은이**    윤태진
**펴낸이**    손형국
**펴낸곳**    (주)북랩
**편집인**    선일영                          **편집**    김현아, 배진용, 김다빈, 김부경
**디자인**    이현수, 김민하, 임진형, 안유경, 한수희        **제작**    박기성, 구성우, 이창영, 배상진
**마케팅**    김회란, 박진관
**출판등록**    2004. 12. 1(제2012-000051호)
**주소**    서울특별시 금천구 가산디지털 1로 168, 우림라이온스밸리 B동 B111호, B113~115호
**홈페이지**    www.book.co.kr
**전화번호**    (02)2026-5777                    **팩스**    (02)3159-9637

**ISBN**    979-11-7224-485-9 03810 (종이책)        979-11-7224-486-6 05810 (전자책)

**(주)북랩** 성공출판의 파트너
북랩 홈페이지와 패밀리 사이트에서 다양한 출판 솔루션을 만나 보세요!
**홈페이지** book.co.kr    •    **블로그** blog.naver.com/essaybook    •    **출판문의** text@book.co.kr

**작가 연락처 문의 ▶ ask.book.co.kr**
작가 연락처는 개인정보이므로 북랩에서 알려드릴 수 없습니다.

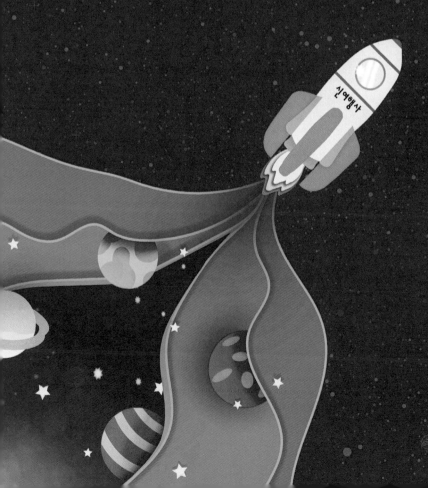

윤태진 장편소설

# 인간 여행 설명서

## WELCOME ON BOARD

북랩

기적으로 가득 찬
나의 존재 속에
결핍으로 가득 찬
나의 삶이 있다.

나는 누구이고,
여기는 어디일까?

- 본문 중에서 -

## 목차

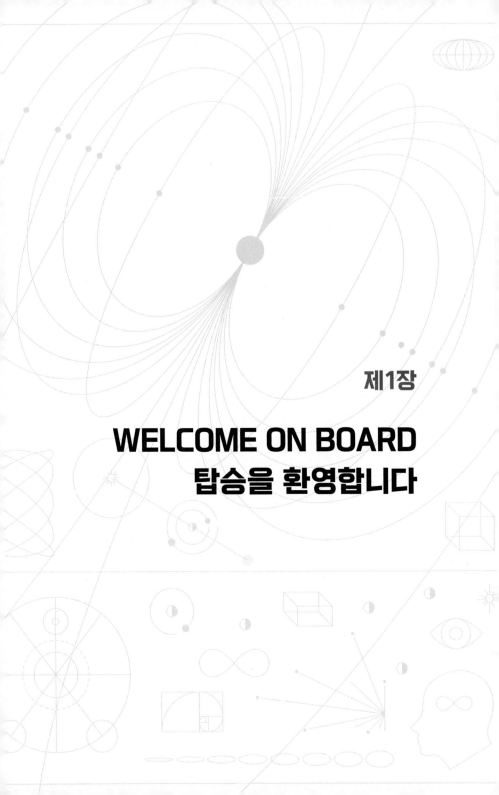

제1장

# WELCOME ON BOARD
# 탑승을 환영합니다

손님 여러분, 안녕하십니까?

저는 여러분을 목적지까지 안전하게 모실 기장 대천사 가브리엘입니다.

우주 스카이팀 회원사인 저희 신여행사는 여러분의 탑승을 진심으로 환영합니다.

이 우주선은 인간 여행으로 향하는 T807편입니다.

오늘 필요 서류 기다림으로 출발이 예정보다 늦어진 점, 죄송합니다.

목적지까지의 비행은 인간 여행 타임라인 기준 약 49일이 걸릴 예정입니다.

앞 좌석의 등받이 수납함에 인간 여행 상품에 대한 상품 설명서가 준비되어 있사오니, 여행에 앞서 숙지하시어 더욱 보람차고 알찬 인간 여행 되시기 바랍니다.

여러분의 안전하고 편안한 여행을 위해 저를 비롯한 승무원들은 정성을 다하겠습니다.

여행 중 불편한 점 있으시면, 승무원인 천사들에게 편히 말씀해 주시면 되겠습니다.

다시 한번 저희 신여행사의 인간 여행 상품을 선택해 주신 여러분께 감사드립니다.

우리 우주선은 이제 이륙하겠습니다. 여러분의 안전을 위해 안전벨트를 매셨는지 다시 한번 확인해주시기 바랍니다.

즐겁고 쾌적한 비행 되시기 바랍니다.


감사합니다.


모든 존재를 위한 모든 것들

신여행사

제2장

# 인간 여행 상품 설명서
# 상품의 소개

먼저 저희 인간 여행 상품을 선택해 주신 여러분께 진심으로 감사드립니다.

여러분이 선택해주신 인간 여행 상품은 자신의 가치를 고양하고자 하는 많은 존재에게 가장 인기 있는 여행 상품으로서, 출시 이래로 여러 여행 상품 중에서 가장 높은 리뷰 평점을 기록해 오고 있습니다.

인간 여행 상품은 외적 제한 시공간인 우리 우주 태양계의 행성인 지구에서 이루어지는 현실 창조 시뮬레이션 상품으로서, 결핍에서 오는 슬픔과 만족에서 오는 기쁨을 조화롭게 경험할 수 있는 독특한 매력을 가진 상품입니다. 특히 결핍에서 유발되는 슬픔, 울음, 고난, 시련, 실망, 절망, 고뇌 등은 다른 어느 여행 상품에서는 절대 경험할 수 없는 요소로서 많은 이전 여행자들에게 찬사를 받아온 이 상품의 자랑스럽고 고유한 특징입니다. 이와 더불어 드물게 경험할 수 있는 기쁨의 요소들 또한 여행자들이 이전에 경험하지 못했던 희소하고 무작위적인 배열을 통해 많은 여행자의 마음을 사로잡은 바 있습니다.

인간 여행 상품의 대부분의 요소를 차지하고 있는 슬픔, 울음, 고난, 시련, 실망, 절망, 고뇌 등을 유발하기 위한 '결핍'이라는 것은 저희 신여행사의 신사업 개발 부서에서 아주 오랜 시간을 공들여 야심 차게 개발한 아이템입니다. 이 결핍 요소의 현실화를 위해 여행자 여러분께는 많이 생소할 수 있는 시간과 공간이라는 틀 안에서 여행이 진행되게 됩니다. 그리고 여행 중에는 결핍의 인식을 위해 몸이라는 제한적 공간 안에 여러분의 존재가 갇혀 있는 꿈도 꾸지 못했을 환상적인 일들이 일어나게 됩니다. 인간 여행을 앞두고 있는 지금 이 순간, 많은 여행자분께서는 시간과 공간, 그리고 몸 안에 갇혀 있는 이러한 환경이 어떠한 것을 의미하는지 예측하기 힘들 겁니다. 하지만 이러한 결핍을 위한 제한 요소들은 그동안 인간 여행을 한 많은 여행자가 이 여행의 최고의 장점 중 하나로 꼽고 있으며, 여러분들에게도 그 어디에서도 경험하지 못할 매력적인 여행을 선사하게 될 것입니다.

　다시 한번 인간 여행 상품을 선택해 주신 여러분께 감사드리며, 여러분의 기억에 잊히지 않을 아름다운 경험을 제공해 드릴 것을 약속드립니다.


모든 존재를 위한 모든 것들
신여행사

제3장

# 인간 여행 상품 설명서
# 상품의 구성

인간 여행은 내적 제한 환경인 몸과 외적 제한 환경인 시간과 공간에서 이루어지게 됩니다.

　내적 제한 요소인 인간 모듈 '몸'은 신사업 개발 부서의 오랜 개발 및 보완을 통해 오늘날에 이르게 되었습니다. 여러분께 제공되는 인간의 몸은 H3072 모듈로서, 초기 개발 단계 이후로 수많은 오류의 개선을 통해 이루어진 모듈입니다.

　아주 오래전 저희 신사업 개발 부서에서는 결핍이라는 새로운 아이템의 현실화를 위해, 제한된 외적 환경인 시간과 공간을 개발하였습니다. 그리고 이 시간과 공간은 여러분의 '빛'이라는 가치를 현실화시키는 환경이 됩니다.

하지만 무한대적인 고차원에 존재하는 여러분의 빛은 저차원 물질에 기반을 둔 시간과 공간 안에서 구현이 되지 않기 때문에, 이 여행에서는 '몸'이라는 물질로 이루어진 제한적 내적 환경이 추가됩니다.

이 몸이라는 제한된 내적 환경을 통해 여러분의 빛은 저차원 적인 생각으로 변환된 후, 그것이 시간과 공간 안에서 물질계에서 현실화되면서, 여러분은 존재 가치 고양을 위한 경험을 맛보게 됩니다.

저희 신여행사에서는 인간 여행이 아닌 공룡 여행 상품 등 비인간 여행 상품도 제공하고 있지만, 이들 상품의 경우 많은 분이 몸을 이용한 빛의 현실화 과정에서 디테일한 측면에서 미숙하다는 평이 많고, 최근에는 여행자 감소로 인해 공룡 여행 등 여타 상품은 아주 드물게 운행되고 있음을 잘 알고 계실 겁니다.

여러분께서 사용하실 H3072 인간 모듈은 본 여행사의 긍지이자 큰 기쁨입니다. 초기 인간 모듈의 주요한 단점이었던 수명의 한계성이 개선되어 여행 중 큰 문제가 없을 경우 반영구적 사용이 가능하며, 감각을 통한 시공간의 인지 민감도도 아주 탁월합니다. 더불어 이 디자인의 인간 모듈은 한 치의 오류도 없이 빛의 완전한 시공간 내 현실화가 가능합니다. 게다가 최근 생식 기능의 추가로 자손의 번식과 양육에서 오는 기쁨과 슬픔을 여러분께 새로이 제공할 수 있게 된 것을 저희는 더없는 기쁨으로 생각합니다.

다만 빛으로 이루어진 여러분을 물질로 구성된 제한된 내적 환경인 몸 안에 이식한 후 일체화하거나 몸에서 빛을 다시 분리하여 일체화된 빛과 몸의 연결을 해제하는 과정은 결코 쉬운 것이 아니기 때문에, 여행 시작 전 빛을 몸에 이식하거나 여행 종료 후 몸으로부터 빛을 분리하는 과정에 각각 약 49일이 걸리게 됨을 유념해 주시기 바랍니다.

그리고 몸으로 빛이 이식된 후 본격적인 인간 여행을 시작하기에 앞서, 인중 부위를 눌러 주셔야 함을 반드시 기억해 주시기 바랍니다. 몸에는 입이라는 머리의 아래 부분에 위치한 섭식, 미각, 언어를 담당하는 기관이 있습니다. 이 기관 바로 위에 인중이 있고 이 부분을 지그시 눌러 주시면 되겠습니다.

인중을 누르는 과정을 통해 여러분은 여러분의 본래 존재에 대한 기억을 망각하게 되며, 이를 통해 인간 여행의 실제적인 느낌을 최대화시켜, 최고의 인간 여행을 즐기실 수 있게 됩니다.

간혹 이 인중을 누르지 않고 인간 여행을 시작했다가 인간 여행을 하는 동안 원래 빛으로서의 자신의 존재 또는 이전 인간 여행의 경험이 떠올랐었다며 환불을 요청하는 경우가 있는데, 이는 명백히 여행자분의 부주의 또는 자의적 선택으로 인한 것이며 환불이 절대 불가함을 다시 한번 말씀드립니다.

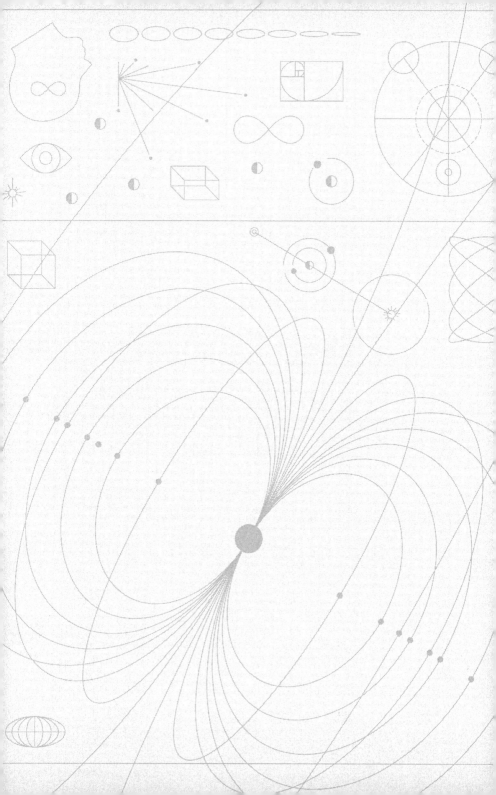

# 제4장

# 인간 여행 상품 설명서
# 상품의 원리

여행자 여러분께서는 인간의 내적 환경인 몸을 이용해 외적 환경인 시공간을 인식하게 됩니다. 이 과정에서 망각의 과정을 거친 후 제한된 내적 환경인 몸으로 변환된 여러분은 제한된 외적 환경인 시공간에서 결핍이라는 아이템을 인식하게 됩니다. 결핍은 원래 존재하지 않는 개념으로서 저희 신사업 개발팀에서 이번 인간 여행 상품을 개발하면서 아주 오랜 연구를 거쳐 선보인 획기적인 아이템입니다. 결핍에는 재정 결핍, 애정 결핍, 인간성 결핍, 주의 결핍 등 거의 무한대에 가까운 다양한 하위 범주가 있습니다. 결핍을 인식한 여러분은 꿈 또는 바람이라는 시공간의 재배열을 일으키고 싶다는 욕망을 느끼게 됩니다. 이후 시공간의 재배열을 위하여, 여러분 몸에 내재된 빛을 저차원적으로 재구성한 후 이를 이용해 자신의 꿈 또는 바람과 일치되는 방향으로 저차원적 물질세계인 시공간 안에서 재구성하는 생각이라는 과정을 거칩니다. 이후 재배열된 시공간을 몸이라는 것을 통해 다시 인식하는 경험이라는 과정을 거치면서, 느낌과 감정이라는 요소로 여행자분들의 기억에 쌓이게 됩니다. 대부분의 중요하지 않은 기억들은 여행 과정 중 상쇄가 되거나 소멸되지만, 여행 중 놓치지 않고 간직하고 싶은 중요한 기억들은 지혜가 되어 여러분의 빛 일부로서 자리를 잡게 됩니다.

이렇게 자리 잡은 지혜는 결핍에 기반하여 얻어진 것으로서, 다른 어떤 여행 상품에서도 느낄 수 없는 인간 여행만의 소중하고 아름다운 결과물임을 다시 한번 강조하고 싶습니다.

빛의 저차원화 및 생각을 통한 시공간 내 꿈의 현실화 등 상품의 원리에 대한 많은 부분이 저희 신여행사에서 보유한 고유한 특허권 안에 있어 자세히 말씀드리기 어려운 점을 안타깝게 생각하고 있습니다. 하지만 저희 신여행사는 언제나 고객 여러분에게 최고의 서비스를 제공하기 위해 노력하고 있는 바, 궁금하신 경우 저희 여행사 고객상담실로 연락 주시면 최선을 다해 고객님의 궁금증을 풀어드리겠습니다.

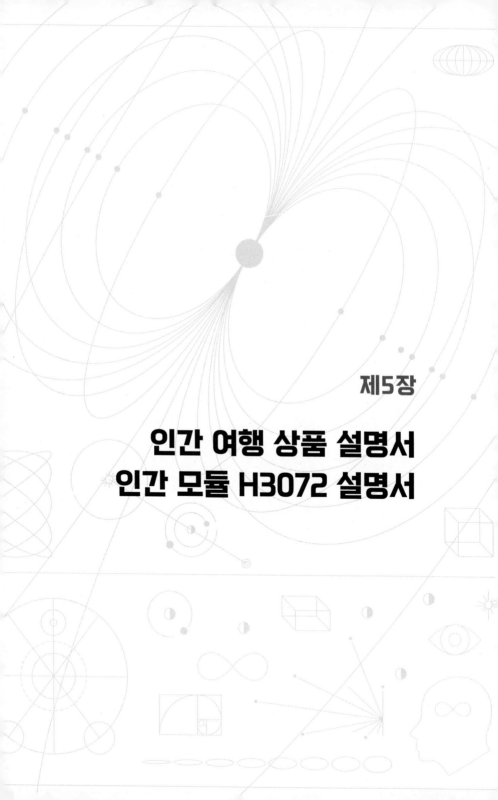

제5장

# 인간 여행 상품 설명서
# 인간 모듈 H3072 설명서

본 신여행사에서는 결핍 요소를 구현하기 위해 시간과 공간이
라는 외적 제한 환경을 새로이 만들었습니다.

　이들 외적 제한 환경은 비가역적인 성격을 갖고 있고, 그 방향
성은 물질들의 자유도의 합에 기반합니다. 그렇기에 시간의 경우
과거, 현재, 미래의 방향으로, 공간의 경우 작은 우주에서 큰 우
주의 방향으로 흘러가게 됩니다. 많은 여행자분은 시간이나 공
간에 대한 개념이 없기 때문에 이해하기가 어려울 것입니다. 하
지만 간략히 시공간이라는 것이 있고, 여러분의 인간 여행의 시
작점을 알기 위한 인공적인 장치라 생각하셔도 무방하겠습니다.
어떤 여행자분들은 동굴에서의 유인원으로서의 삶을 원하고, 어
떤 여행자분들은 우주 시대에서의 행성 간 여행을 꿈꾸며 본 상
품을 선택하시기 때문에, 이 시공간이라는 인공적인 제한 환경

은 인간 여행 상품에 있어서 없어서는 안 될 중요한 장치입니다.

인간 모듈은 처음 출시한 이후로 수많은 개선을 거쳤으며, 여러분께서 사용하실 인간 모듈 H3072는 여러분께서도 잘 아시다시피 최고의 성능을 자랑하는 모듈로서, 저희 신여행사의 기쁨과 자긍심의 원천입니다.

인간 모듈 H3072는 감각기관, 운동기관, 소화기관, 호흡기관, 순환기관, 배뇨 및 배설기관, 신경계, 생식기관으로 구성이 됩니다.

감각기관은 멍 때리는 등 무의식적인 경우를 제외하면 거의 대부분 외적 제한 환경인 시공간의 인지를 담당합니다. 이 감각기관을 이용해 내적 및 외적 제한 환경의 물질 및 에너지 상태를 인식하게 되어, 춥고 덥다거나, 아프다거나, 짜다거나, 밝다거나 하는 감각을 느끼게 됩니다. 그리고 보고, 듣고, 느끼면서 외적 제한 시공간을 인식합니다. 이러한 감각은 결핍을 느끼게 하는 중요한 요소입니다. 이후 결핍의 개선을 위한 생각을 통한 시공간의 재배열 이후 다시 느껴진 감각은 이전 감각과의 비교를 통해 기억 및 지혜의 구성에 중요한 역할을 합니다. 인간 모듈 H3072의 감각기관은 기존 어느 모델보다도 뛰어난 외적 제한 시공간 인식 기능을 가지고 있으며, 여행자 여러분께 더욱 실감 나는 인간 여행을 제공해 드릴 것입니다.

운동기관은 다리를 떠는 등 무의식적인 경우를 제외하면 거의 대부분의 경우에 생각을 통한 시공간의 재배열을 위한 기능을 합니다. 집을 짓기 위해 팔을 이용해 벽돌을 쌓고, 사랑하는 사람을 향해 발을 이용해 달려가는 것이 그 예입니다. 기존 모듈의 경우 신경계와의 호환이 미숙한 관계로 너무 느리거나 둔해서, 공룡에 잡아먹히는 등 다른 포식자로 인해 죽음을 맞게 되어, 많은 인간 여행자분이 여행 후 컴플레인을 제기하기도 하였습니다. 하지만 이번 인간 모듈 H3072는 보다 정확하고 빠른 신경계-운동기관의 호환을 통해, 여행자 여러분이 물리적 외적 제한 환경을 한층 쉽고 빠르게 재배열할 수 있도록 개선하였습니다.

소화기관, 호흡기관, 순환기관, 배뇨 및 배설기관은 인간 모듈의 작동을 위한 에너지 공급을 위한 기관들입니다. 소화기관을 통해 인체 안에 들어온 음식을 호흡기계를 통해 들어온 공기를 이용해 연소시킴으로써 인간 모듈은 지속적인 에너지를 만들어 내게 됩니다. 순환기관은 소화기관과 호흡기관에서 흡수된 음식 및 공기를 세포 단위로 전송하고, 에너지 변환 후 노폐물을 배뇨 및 배설기관으로 전달하는 역할을 합니다. 인간 모듈 H3072는 소량의 음식물과 공기만으로도 효율적으로 에너지를 생산해내며, 특히 이번 모듈에는 한층 개선된 에너지 변환 및 저장 방식인 ATP 입자 단위 시스템이 적용되어 음식 섭취 후 매우 오랜 기간 음식 섭취 없이 인간 모듈의 사용이 가능합니다.

신경계는 감각기관을 통해 인식된 결핍의 요소를 기반으로 하여 운동기관을 통해 시공간 재배열을 일으키도록 하는 중간자적 역할을 담당합니다. 신경계는 크게 중추신경계와 말초신경계로 나뉩니다. 말초신경계의 경우 감각기관을 통해 인식된 외적 제한 환경의 정보를 자체 저장 및 중추신경계로 전달하는 기능을 합니다. 중추신경계의 경우 말초신경계 등으로부터 전달된 외적 제한 환경의 정보를 받아 기존의 기억과 비교하는 작업을 진행합니다. 이때 결핍된 외적 제한 환경의 정보 등으로 인해 슬픔, 울음, 고난, 시련, 실망, 절망, 고뇌 등의 느낌과 감정이 기억됩니다. 이후 결핍의 해소를 위한 꿈과 바람이 싹트기 시작합니다. 이후 생각을 통해 결핍의 해소를 위한 새로운 시공간의 구성이 구체화되면, 이 같은 생각들은 뇌를 통해 시공간의 재배열을 구상하고, 이와 동시에 외적 제한 시공간은 꿈꾸거나 바랐던 대로 재배열되게 됩니다. 따라서 인간 여행에서는 결핍을 해소하는 방향으로 꿈을 꾸고 생각하면, 외적 제한 환경인 시공간이 동시에 재배열됨으로써 결핍 요소의 즉각적 해소가 이루어지게 됩니다. 하지만 많은 인간 여행자는 이처럼 꿈이나 생각을 통해 외적 제한 시공간을 즉각적으로 재배열하는 게 아니라, 꿈이나 생각을 저주파의 신호로 변환한 후 직접 운동기관으로 전달하여 물질의 재배열을 일으키는 경험이라는 것을 선호합니다. 많은 여행자분이 다른 여느 여행에서는 마주할 수 없는 인간 여행만의 독특한 매력을 조금이라도 더 느껴보기를 바라기 때문입니다.

생식기관은 최근에 인간 모듈에 추가된 기관으로 같은 인간 모듈 정보를 가진 새로운 인간 모듈을 복제하는 기능을 합니다. 이를 통해 여행자분들께서는 자식의 탄생 및 양육 과정을 통해 다른 경험에서는 느낄 수 없는 매우 강렬한 기쁨과 슬픔을 경험하실 수 있습니다. 그리고 생식을 통해 이루어진 새로운 인간 모듈의 경우 대체로 기존 인간 모듈보다 우월한 성능을 제공하게 됩니다.

제6장

# 인간 여행 상품 설명서
# 상품의 이용 방법

"인간의 삶 동안 되는 게 하나도 없었다"거나 "결핍으로 인해 유발된 슬픔, 고뇌 등의 상황에서 꿈을 꾸거나 생각을 아무리 해도 꿈의 시공간적 재배열이 전혀 이루어지지 않았다"라며 일부 여행자분들께서 상품의 결함에 대해 불만을 제기하셨으나, 상품 검수 팀에서 조사한 결과에 따르면, 거의 모든 경우 상품의 결함이 아닌 인체 모듈의 미숙한 사용에 의한 것으로 밝혀졌습니다. 본 상품의 개시 이래로 상품의 결함으로 결론 내려진 사례가 단 한 번 있었는데, 그 여행자의 경우 탄생의 순간에도 울음이 나오지 않았고, 인생을 살면서 결핍이라는 것을 전혀 인지할 수 없었다고 하여 조사한 결과, 제한 내적 및 외적 환경에 대한 인지 과정이 작동하지 않은 것으로 밝혀져, 추후 제대로 결핍된 내적 및 외적 환경에서 인간 여행을 다시 제공한 바 있습니다.

더불어 "몸은 남자인데, 마음은 여자였다", "인생에 기쁨의 요소가 전혀 존재하지 않았다", "평생 너무 졸려서 아무것도 할 수 없었다" 등 또한 상품의 결함에 의한 것이 아니며, 환불이 불가함을 알려드립니다.

인간 여행의 사용 방법은 다음과 같습니다.

"삶 속에서 결핍은 바람이 되고, 바람은 생각이 되고, 생각은 경험을 통해 느낌과 감정으로 기억되고, 기억은 확실한 앎이 될 때 지혜가 된다."

그럴 리가 없지만, 아무리 생각해도 상품의 결함이라고 생각되시는 경우, 저희 여행사 고객상담실로 연락주시면 최선을 다해 고객님의 불편함을 풀어드리겠습니다.

제7장

# 인간 여행 상품 설명서
# 응급 상황 시 대처 방법

여러 가치의 결핍에 기반을 둔 인간 여행의 상품 특성상, 인간 여행에서는 많은 응급 상황이 발생할 수 있습니다.

　많은 여행자분이 여행 중간에 인간 여행을 그만두기도 합니다. 물론 이런 여행자분들은 대부분 몸을 벗어나 빛으로 다시 분리 및 싱크 해제가 완료된 후, 인간 여행을 끝까지 마치지 못하고 중간에 멈춘 것에 대해 많이들 안타까워하신다는 것을 유념해 주셨으면 좋겠습니다. 그리고 당사 규정상 이와 같은 경우, 남은 여행 기간을 재개한다거나, 남은 여행 기간에 대한 환불 등이 불가함을 알려드립니다.

　저희 신여행사에서도 인간 여행의 뛰어난 현실감과 몰입감 때문에, 많은 분이 더 이상 인간 여행을 하고 싶지 않다는 생각에 빠지는 응급 상황이 많이 있음을 잘 알고 있으며, 이와 관련하여 인간 여행 상품에 대한 자긍심과 함께 큰 책임감을 느끼고 있습니다.

그렇기에 인간 여행을 하시는 모든 고객에게 응급 상황 시 현장 출동 서비스를 제공하고 있으니, 많은 이용 바랍니다.

응급 상황 시 현장 출동 도움 연락 방법은 다음과 같습니다.

"두 눈을 감고, 신을 마음속에 그리고, 응급 상황에 대해 설명하며, 바라는 점을 말합니다."

이때 반드시 양손을 모을 필요는 없으나, 양손을 모을 경우 고객센터로의 연결이 좀 더 원활한 것으로 알려져 있습니다.

최근 너무 잦은 현장 출동 요청 때문에 본사의 설립자인 창조주 신이 직접 눈앞에 나타나기 힘든 경우가 있으나, 신이 직접 눈앞에 나타나지 않더라도 시공간 재구성 과정을 통해 바라는 바

를 예외 없이 이룰 수 있게 처리하오니, 믿고 저희 응급 출동 서
비스를 이용하시면 되겠습니다.


모든 존재를 위한 모든 것들

신여행사

# 제8장

# 인간 여행 상품 설명서 FAQ

저희 신여행사에서는 지난 인간 여행자들의 경험을 기반으로 다음과 같이 자주 하시는 질문들에 대한 답변을 드리니 참고하시기 바랍니다.

**#1. 가장 좋은 인간 여행 코스는 무엇인가요?**

인간 여행을 끝내고 몸에서 다시 빛으로 돌아오는 49일이 지난 후, 많은 여행자께서는 인간 여행에 대해 아주 값진 여행이었으며, 언제고 다시 한번 하고 싶은 여행이라고 평을 합니다.

저희 마케팅팀에서 인간 여행자를 대상으로 진행한 설문 조사에 따르면, 인간 여행의 가장 매력적인 요소 중 하나는 예측 불가성이었습니다. 실제로 많은 여행자분께서 "세상 끝난 줄 알았더니, 저 끝에 빛이 보였다. 그 순간 난 인내라는 정말 소중한 지혜를 얻었다", "세상을 다 가진 줄 알았는데, 모든 것이 순식간에 봄눈 녹듯이 사라졌다. 그 순간 나는 겸손이라는 소중한 지혜를 얻었다"라고 말씀하시곤 합니다.

저희 여행사에서는 여행자 여러분께 최고의 상품을 제공하기 위해 다양하고, 예측 불가능한 인간 여행 상품이 되도록 항상 최선을 다하고 있습니다. 그렇기에 인간 여행에는 정답이 있을 수 없으며, 가장 좋다거나 가장 나쁘다거나 하는 코스를 선정할 수는 없습니다.

**#2. 운명이란 게 정말 있던 것인가요?**

인간 여행을 끝낸 많은 분이 인간으로서 삶을 살 때 보면, 가끔 "이게 원래 정해진 나의 길이었던 것은 아닐까?"하고 의문을 품을 만한 일들이 일어났다며, 이것이 원래부터 자신의 여행 상품에 정해져 있던 것은 아니었는지 묻곤 합니다.

본사의 특허 관련 규정상 자세히 말씀드리기는 어려우나 허용되는 범위 안에서 말씀을 드리면 다음과 같습니다.

인간 여행의 주요 원리는 결핍을 해소하기 위해 꿈을 꾸고, 생각을 통해 외적 제한 시공간을 재배열하고, 재배열된 시공간을 다시 느끼는 경험이라는 것을 통해 여행자 여러분께서 소중한 가치들에 대한 지혜를 마주하게 하는 것입니다. 이러한 과정에서 꿈꾸고, 바라며, 생각하는 순간 외적 제한 시공간은 즉각적으로 재배열되지만, 인간 여행자는 해당 시공간에 진입할 때가 되어서야 자신의 꿈과 생각에 따라 재배열된 제한 시공간을 인지할 수 있습니다. 이 같은 재배열 시공간의 생성과 인지 사이에 존재하는 시간의 간극으로 인해 일부 여행자분들께서는 재배열된 시공간이 자신의 꿈과 생각에 의한 것임에도 불구하고, 그 환경을 낯설게 받아들이고 인간의 삶이 자신의 뜻과 관계없이 운명처럼 정해져 있다고 느끼기도 합니다. 하지만 자신의 꿈을 마음 속 깊이 소중히 간직하여, 꿈을 잊지 않고, 자신의 꿈을 향해 오롯이 달려가는 어떤 여행자들의 경우에는 이 과정에서 자신이 꾸었던 꿈과 재배열된 시공간 사이의 동일성을 쉽게 인지하면서, 인간의 삶이라는 것이 운명처럼 정해진 길을 따라 흘러가는 것이 아니라 자신의 꿈과 생각에 의해 이루어지는 것이라 달리 느끼기도 합니다.

또는 간혹 커플 여행자들이나 단체 여행자들이 인간 여행 중에 함께 여행하기를 희망하시는 경우가 있어, 여행자들의 손과 손 사이에 홍연(紅緣, Red ties)이라고 불리는 눈에는 보이지 않는 붉은 실을 연결하는 양자적 얽힘이 적용되는 경우가 있습니다. 이 얽힘으로 인해 인간 여행 중 여행자 사이에 빈번한 만남이 있거나, 어떤 경우는 오랜 시간 동안 친구나 부부의 관계로 함께 여행을 하기도 합니다. 이럴 경우 인간 여행 중에 두 존재 사이에 운명적인 만남이라든지 인연이라든지 하는 느낌을 받으실 수 있습니다. 물론 간혹 인간 여행 중에 두 존재 간에 이전에 없던 새로운 친밀 관계가 형성되기도 합니다. 모든 일이라는 것이 시작이라는 게 있는 법이니까요.

다시 말씀드리지만, 저희 신여행사에서는 모든 고객에게 최고의 상품을 제공하기 위해, 예측이 불가능한 인간 여행을 제공합니다. 그리고 이와 같은 여행 상품의 모든 것은 오롯이 여행자분들의 꿈과 생각에 의해 이루어지는 것입니다.

### #3. 결핍이 너무 많은 것 아닌가요?

인간 여행을 다녀온 많은 분이 인간의 삶 속에 너무 많은 결핍이 있다고 하시는 것을 저희 여행사도 잘 알고 있습니다. 하지만 또 다른 많은 분께서는 인간 여행을 위해 큰 비용을 지불했는데, 결핍이 너무 없어서 인간 여행을 통해 배우는 것도 별로 없었다며 아쉬움을 말씀하시기도 합니다.

저희 신여행사에서는 "모든 존재를 위한 모든 것들"이라는 모토 아래, 모든 고객에게 최대한 큰 가치를 제공하고자 최선을 다하고 있습니다. 결핍은 여러분의 인간 여행을 알차고 보람차게 하기 위한 그 어디에서도 경험하실 수 없는 독특하고도, 유일한 인간 여행만의 요소이며, 그렇기에 가능한 한 많은 결핍 요소가 인간 여행에 포함되어 있습니다. 태어나 첫 숨을 들이마시고 울음을 내뱉는 순간부터 죽기 전 마지막 숨을 내쉬며 눈물이 맺히는 순간까지 인간 여행의 모든 순간에 걸쳐 이 결핍의 요소들이 자리하게 됩니다.

최근 사업혁신팀에서는 인간 여행에 포함된 결핍의 요소를 더욱 늘려 더욱 많은 지혜를 고객에게 제공하는 것이 고객의 바람에 부응하는 우리의 방향이라며 더욱 결핍의 요소를 늘릴 것을 제안하고 있지만, 응급 출동 서비스의 한계로 인해 더 이상 결핍 요소를 늘리지 않고 있다는 것이 저희 본사 입장이라는 것을 알려드리고 싶습니다.

하지만 결핍 요소들이 너무 과하다는 고객들의 말씀에도 귀를 기울여, 신사업 개발팀에서 결핍의 요소를 줄인 저가형 인간 여행 상품도 개발 중에 있다는 것도 함께 말씀드립니다.


**#4. 사랑이라는 게 인간 여행에 꼭 필요한 것인가요?**


많은 분이 인간 여행 중에 사랑이라는 것이 있는데, 그게 인간 여행에 꼭 필요한 것이냐며 묻곤 하십니다. 인간의 사랑이라는 것을 해 봤는데, 할 때마다 새롭고 잘 모르겠더라고 말씀하시기도 하고, 어떤 분들은 "여러 번 사랑을 해 봤는데 남는 게 없었다"라고 말씀하시기도 합니다.


답변을 드리기에 앞서 고객 여러분의 바람에 부응하지 못한 점에 대해 사과의 말씀을 드립니다.


잘 아시다시피 원래 사랑이라는 것은 두 존재로서의 빛의 일체화 과정에 대한 것으로서, 빛의 물질화를 이용하여 지혜와 마주하는 것을 기본 원리로 하는 인간 여행에 포함시키기에 버거운 가치가 아니냐라는 의견은 인간 여행 상품 개발 단계에서부터 있어 왔고, 인간 여행에 사랑을 넣은 것에 대해서는 지금까지도 사업혁신팀 내에서 의견이 많이 갈리는 상황입니다.

원래 사랑이라는 가치는 인간 여행을 위한 상품의 요소가 아니라, 인간 여행 상품보다 더욱 고차원적인 여행 상품들에서 제공하는 요소입니다. 그 상품들에는 결핍이란 것이 없기 때문에 모든 존재가 자연스레 사랑에 충만한 상태로 여행을 하게 됩니다. 하지만 설립자인 신이 인간 여행 상품 개발 단계에서부터, "결핍에서 이루어진 사랑이 최고의 사랑이다"라고 하며, 인간 여행 상품에 사랑을 넣겠다는 뜻을 널리 알리고, 지금까지도 그 뜻이 변함이 없기 때문에 인간 여행 상품 속에 사랑이 있는 것입니다.

사실 저희도 인간의 사랑에 대해 아직 잘 이해하지 못하고 있으며, 아는 바가 별로 없어서 고객님께 만족스러운 답변을 드리지 못하는 점 죄송스럽습니다.

**#5. 인간 여행 전에 인중이란 그거 꼭 눌러야 되는 건가요?**


잘 아시다시피 인간 여행을 시작하기 전 인중을 누르는 것은 여행자분들이 자신의 원래 존재를 망각하여, 좀 더 현실감 있게 인간 여행에 몰입할 수 있도록 설계된 장치입니다. 인간 여행 중 연극이란 것을 경험하실 수 있는데, 무대 위의 배우가 자신이 서 있는 무대가 현실 그 자체라 믿으며 자신이 맡은 배역에 혼연일체(渾然一體)되어야 제대로 된 연극을 할 수 있는 것과 같은 원리입니다. 무대 위에 선 배우가 자신이 선 무대가 인공적으로 만들어진 것이고, 자신이 맡은 배역이 일시적인 가상의 것이라 생각한다면 제대로 된 연극을 할 수 없겠지요.


어떤 여행자들께서는 인간 여행을 하면서 보니 다른 어떤 여행자들은 이전의 전생을 모두 기억하고 있었다고 말을 하기도 합니다. 가끔 여행자의 부주의로 여행 시작 전 인중을 누르지 않거나 일부 자의적으로 인중을 누르지 않을 경우, 이런 일이 생기기도 합니다. 하지만 이와 같이 전생의 기억을 망각하지 않는 경우, 제대로 된 인간 여행을 하는 것이 많이 어려우시며, 다시 말씀드리지만 이것은 여행자의 부주의나 자의적 선택에 의한 것으로 환불이 불가합니다. 물론 인증을 누르거나, 누르지 않는 것은 여행자분들의 선택입니다. 하지만 고객 여러분의 좀 더 현실감 있는 인간 여행을 위해 인간 여행 전에 인증을 꼭 누르시길 부탁드립니다.

  어떤 여행자들께서는 인간 여행 중에 다른 여행자가 자신의 원래 존재를 깨닫고는 인간 여행을 자신이 잠시 소풍 온 것이라고 표현하는 것을 들은 적이 있다고 하고, 어떤 영화에서는 인간 세상이 가상공간인 것을 암시하는 듯 묘사하는 것을 본 적이 있다고 합니다. 인간 여행 상품은 저희가 개발한 것이지만, 그 여행자는 빛의 존재인 여러분들이기 때문에 여행 도중에 초탈(超脫)이 일어나 자신의 원래 존재를 각성하는 경우가 드물게 생기곤 합니다. 하지만 이와 같은 경우 인간 여행 상품을 즐기시는 데 전혀 지장이 되는 부분이 없기 때문에 걱정하지 않으셔도 되겠습니다.

**#6. 인간 여행은 원하는 시간과 장소를 선택할 수 있나요?**


저희 신여행사는 여행자들께 최고의 여행을 선사하고자 언제나 최선을 다하고 있습니다. 그렇기에 여행자 여러분들 각각의 취향과 선호를 존중합니다.


여행자 여러분께서는 인간 모듈 H3072가 호환되는 인간 여행 상품이라면 모든 시간과 장소를 자유롭게 선택하실 수가 있습니다. 선사시대로부터 우주시대 어느 시간대이든 선택 가능하며, 장소 또한 어느 곳이든 선택 가능합니다. 어떤 고객께서는 이전 인간 여행 중 아빠로 만났던 다른 고객과의 애틋한 기억을 잊지 못해, 원래 자신의 할머니(다른 고객의 엄마)로 지정해 인간 여행을 하기도 했습니다.


다만 이전 다른 인간 모듈 타입이 적용된 아틀란티스와 레무리아 문명은 인간 모듈 H3072와 호환이 되지 않아 더 이상 여행 상품을 판매하지 않음을 알려드립니다. 하지만 여러분께서 선택하신 인간 여행의 외적 제한 시공간 내에 피라미드나 아틀란티스 사원 등 이전 버전의 인간 여행 상품의 유물이 많이 남아있으니, 이런 것을 찾아가며 경험해 보시는 것도 흥미로운 인간 여행을 위한 하나의 방법일 겁니다.

**#7. 뉴턴이나 테슬라 같은 위인들도 인간 여행자인가요?**

네, 인간 여행자 맞습니다.

테슬라의 경우 인간 여행 상품 서비스가 시작된 후, 첫 출항 비행편의 탑승자였습니다.

상품 출시 초창기에는 몸으로의 빛 이식 작업이 그리 원활하지 못한 상황이어서, 빛이 몸으로 이식된 후에도 원래 존재로서의 빛 성향이 아직 많이 남아 있었습니다. 인간 테슬라의 몸으로 빛이 이식되었던 고객님의 경우 원래 하시던 일이 우주 공학 쪽이셨는데, 아마도 그 빛의 잔재가 많이 남아서 인간의 역사에서 공학 관련하여 새로운 발명을 많이 했던 것으로 보입니다.

뉴턴은 그동안의 탑승자 명단에서 검색이 되지 않은 것으로 보아, 아마도 추후에 탑승을 하여 인간 여행을 하실 고객님으로 추정됩니다.

이 외에도 여러분이 알고 있는 역사상의 많은 위인을 비롯하여 모든 인간은 인간 여행 상품을 선택해 주신 저희 신여행사의 소중한 고객님이십니다.

**#8. 인간 여행이 끝나면 어떻게 하면 되나요?**

인간 여행이 끝나면, 처음 인간 여행을 시작하기 전에 진행했던 작업을 거꾸로 진행하게 됩니다. 몸으로 이식되었던 빛은 다시 몸에서 벗어나 원래 여러분의 모습이었던 빛으로 돌아오게 됩니다. 인간 여행이 종료되면 몸에서 빛이 분리되는 과정이 시작되면서 잠시 동안 여러분의 비활성화된 인체 모듈을 볼 수도 있는데, 자연스러운 과정이니 놀라지 않으셔도 됩니다.

이후 저희 신여행사에서 제공하는 귀항 편에 탑승하시면 되겠습니다. 고객 여러분의 편의를 위해 몸에서 빛이 분리되는 순간에 맞추어 저희 직원들이 마중을 나가오니 저희 직원들의 안내에 따라 귀항 항공편으로 돌아오시면 되겠습니다. 직원들은 보통 검정색 정장의 회사 정규 근무복을 입고 있으나, 간혹 회사의 정규 근무복을 무서워하시는 인간 여행자분들이 있어, 인간 여행자의 가족이나 지인 등 좀 더 친근한 모습으로 하여 마중을 나가기도 합니다. 최근 인간 여행 상품 이용 고객님의 증가로 간혹 직원들이 직접 마중을 나가지 못하는 경우도 있으나, 저희 항공편에서는 여러분께서 귀항 편을 찾기 쉽게 원형의 강한 빛을 발산하오니, 그 빛을 따라오시면 되겠습니다. 탈일체화 과정을 효과적이고 원활하게 진행하기 위해서, 지혜가 되지 못한 느낌과 감정들의 잔상 제거가 필요하며, 이 과정의 수월한 진행을 위해 액상 성분의 용매제가 필요합니다. 이 때문에 귀항 편은 주변에 다량의 용매제로 둘러싸여 있습니다. 이 구간을 지나는 동안 아마도 강이나 호수를 건너는 느낌이 드실 수도 있는데, 몸에서 빛을 안전하게 분리하기 위한 과정이오니 걱정 마시고 마음 편히 건너시면 되겠습니다. 이후 귀항 편에 탑승하시면, 원래의 빛의 존재로서의 여러분으로 돌아가는 보다 정밀한 과정이 약 49일간 진행된 후, 고객님들께서는 원래 세계로 돌아가시면 됩니다. 원래 세계로 돌아가시기 전 아직 인간 여행에 대한 기억이 많이 남아 있을 때, 잠시 시간을 내시어 인간 여행에 대한 리뷰 설문지 작성을 간곡히 부탁드립니다. 여러분의 더할 수 없이 소중한 의견은 저희 신여행사의 가장 큰 보물이며, 이후 다른 인간 여행을 하시는 고객들에게 더욱 나은 서비스를 제공하기 위한 값진 밑거름이 됩니다.

가끔 인간 여행의 기억이 너무 강렬하거나 충격적인 경우, 그 기억에 매몰되어 자신의 원래 존재를 다시 기억하지 못해 귀항 편 탑승을 놓치는 여행자들이 종종 있습니다. 이럴 경우 몸에서 빛이 빠져나오는 과정이 원활하지 못해 외적 제한 시공간에 갇혀버리는 경우가 있습니다. 그리고 자신이 아직도 인간 여행 중이라고 착각하고, 여행 중인 다른 인간 여행자들과 접촉을 시도

하기도 합니다. 이런 상황이 발생하게 되면, 여행자의 충격적인 기억을 완화시키는 추가적인 과정이 필요하고, 기억이 완화되어 원래의 빛으로서의 존재를 다시 인식하게 되어 빛이 몸에서 분리되는 과정이 시작되면, 별도의 귀항 편을 통해 여러분의 세계로 돌아가시게 됩니다. 다만 이에 소요되는 별도 귀항 편 마련을 위한 비용 등의 추가적인 비용은 여행자 부담임을 알려드립니다.

모든 존재를 위한 모든 것들
신여행사

제9장

# 인간 여행 상품 설명서
# 여행자 리뷰 모음

**#1. 인간 여행 강추!! 또 강추합니다!!!**

(리뷰 별점 ★★★★★)

by ₵€**************

　　원래 리뷰 같은 것 잘 안 남기는 스타일인데, 이번 인간 여행 너무 인상적이어서 리뷰 남겨요~!!! 처음 주변 존재들로부터 인간 여행에 대한 이야기 듣고, 갈까 말까 고민 많이 하다가 결국 다녀왔네요~.

　　여행 끝나고 느낀 점은 제가 괜한~아주 괜한 고민을 했었다는 거~~. 출생부터 죽음까지 한 순간, 한 순간 소중한 추억과 지혜로 가득 찬 보람찬 여행이었어요~~. 알찬 상품 구성도 구성이지만, 무엇보다도 신여행사의 고객 응대도 너무 감동, 그 자체였다는 거~~.

　　여러분 인간 여행 강추!!! 또 강추!!! 해여~~.

## #2. 잊지 못할 기억, 인간 여행

(리뷰 별점 ★★★★☆)

by 𝓢𝓓ₚ**************

　　7차원의 찬란한 존재로 살고 있지만, 결핍이란 개념에 끌려서 인간 여행 상품을 선택하게 되었습니다. 더 이상 바랄 게 없는 그런 존재임에도 간혹 무언가 추구하고 싶다는 그런 갈망이 생기는 것에 대해 항상 의구심을 가져왔었지요.

　　결론을 말씀드리면 저에게는 꽤 괜찮은 여행이었습니다. 돌이켜 생각해 보면, 꿈이란 것이 즉각적으로 현실화되어 바로 앞에 구현되지 않는 그런 인간의 외적 제한 시공간이 이해가 안 되는 측면도 있긴 하지만, 뭐 그런대로 꿈을 꾸면 언젠가는 현실화가 되는 구성이었으니까 괜찮았습니다.

　　다만, 다른 차원의 존재들도 여행을 많이 왔던데, 그

여행자들은 개별적인 존재로서의 인간의 삶이 낯설지 않았겠지만, 저처럼 원래 여러 존재가 통합적인 하나의 빛으로서 있었던 여행객들에게는 개별적인 존재로서의 인간 여행의 적응이 알게 모르게 힘들었을 수도 있을 것 같습니다.

### #3. 신여행사, 예전 같지 않네요

(리뷰 별점 ★☆☆☆☆)

**by K宇***************

원래 별 하나도 주고 싶지 않았는데, 그건 너무 하는
게 아닌가 싶어 하나 드립니다.

처음부터 끝까지 화만 나는 여행이었습니다. 인생에
서 하나도 제 마음대로 되는 게 없었어요.

결핍을 통해 지혜의 가치를 얻게 해 준다고 하더니,
무슨 지혜를 준다는 거죠? 그리고 한번 결핍되면, 여행
이 진행될수록 더 결핍되는 그런 구성은 대체 어느 머
리에서 나온 거죠?

이건 뭐 아무리 응급 상황 도움 서비스를 요청해도
감감무소식이고 말이죠. 그 응급 출동 서비스라는 거
작동이 되긴 하는 건지 모르겠네요. 말 그대로 죽지 못
해 억지로 살았습니다.

여하튼 저는 비추입니다. 인간 여행이 이럴 줄 알았으면, 훨씬 저렴하고 즐거운 다른 여행이나 갈 걸 그랬습니다. 가격만 엄청나게 높고, 아무튼 꽝이었습니다. 신여행사도 이젠 예전 같지 않네요.

**68** 인간 여행 설명서

## #4. 길 잃어 귀신 되어본 썰

(리뷰 별점 ★★★★★)

by №₽**************

위 님 맘 많이 상하신 듯. 제가 대신 위로해 드릴게요. 토닥토닥~.

저의 인간 여행 경험을 말씀드릴게요.

조선이라는 나라에 태어났는데, 노비로 태어나서 평생 고생만 엄청 하다가, 주인마님 방에 있는 옥가락지를 훔쳤다는 누명 쓰고, 삼태기에 말린 채로 매질 엄청 당하다가 죽어버렸네요. 너무 서럽고, 억울하고, 충격적이어서, 인간 여행의 기억을 잊지 못하다가 귀항 편도 놓치고, 외적 제한 시공간에 갇혀서 길을 잃었더랍니다. 정말 인중 누르기 그거 효과 한번 대단하더라고요.

몸은 죽었는데, 내가 원래 무슨 존재인지 기억도 하나도 안 나고, 정말이지 한참 동안 제가 살아있는 인간인 줄 알았다니까요. 그래서 사람들 만나면 말도 걸고,

하소연도 하고 그래 봤는데, 다들 놀라서 도망을 가기에 그때 뭔가 좀 이상하다는 생각을 하긴 했어요.

다행히도 다른 어떤 인간 여행자가 한풀이 굿을 해준 덕분에, 제 원래 존재를 깨닫고 신여행사에 연락해서 그럭저럭 다시 돌아오긴 했네요. 임시로 마련된 귀항편이라 나 혼자밖에 없어 좋긴 했는데, 추가 부담금 대박 T.T


제 여행 상품의 구성도 이상하고, 제가 죽고 싶어 죽은 것도 아닌데 왜 제가 추가 비용까지 내야 하냐며 여행사에 컴플레인도 넣어 봤는데요, 신여행사 엄청 깐깐한 거 여러분도 잘 아시잖아요. 이 망할 친구들이 얼마 후 무슨 산더미만 한 답변서를 보냈더라고요. 그 답변서란 것이 내적 및 외적 제한 환경에 적용된 특수 양자역학의 이해, 인간 여행에 있어서 우연과 운명의 동일성을 비롯하여 온통 눈 돌아가는 얘기들만 쓰여 있는데, 몇 날 며칠을 그거 읽다가 그냥 제풀에 지쳐서 그만두었습니다.

뭐 그래도, 저는 나름 꽤 괜찮았던 여행이었던 것 같아요. 그리고 좋게 생각하면 귀신 돼서 길 잃어본 것도 좋은 경험이라면 좋은 경험인 거죠.

아무튼 다음에 기회가 되면 인간 여행 다시 한번 가보고 싶긴 해요.

# #5. 존재란 무엇인가?

(리뷰 별점 ★★★★★)

by ㎜**************

 인간 여행을 한 지 꽤 지났지만, 이따금 그때의 기억이 떠오르곤 합니다.

 고통으로 시작되어 고통으로 끝나는 인간 여행.

 첫 숨을 쉬기 위해 느껴야 했던 그 결핍의 고통, 마지막 숨을 쉬며 느껴야 했던 또 다른 결핍에서 다가오는 고통.

 처음부터 빛으로 태어난 우리들은, 기쁨과 만족으로 충만했던 우리들은, 무엇을 위해 존재하는 것일까요?

 가끔 다른 존재들에게 인간 여행의 경험을 이야기하며 "그때 한 인간으로서의 삶이, 결핍된 고통에서 몸부림치던 그 삶이 잊히지 않는다. 한낱 여행 상품이지만,

그 안의 인간으로서의 삶이 진정한 존재의 길 또는 진정한 존재가 되기 위한 길이 아닐까?" 하고 말하곤 합니다. 그럼 나의 이야기를 들은 다른 존재들은 아마도 제가 PTSD(post-travel stress disorder, 여행 후 스트레스 장애)인 것 같다고 걱정스럽게 이야기하곤 하죠. 그러면서 인간 여행 후 귀환하지 않고 사라져 버렸다는 몇몇 여행자에 얽힌 무서운 소문을 들려주곤 합니다. 결핍으로 인한 고통을 맛보고, 모든 것을 깨닫고는, 빛으로서의 본래의 존재로 돌아오지 않은 채, 공(空, Void)이 되었다는 실종 여행자들에 대한 이야기를 말이죠.

가끔 그런 생각이 들어요. 신여행사에서 인간 여행 상품을 그냥 하나의 여행 상품으로서가 아닌 특별한 목적을 가지고 만든 것은 아닐까? 태곳적부터 존재했던 빛으로서의 우리의 존재 가치에 무언가 우리가 모르는 결핍의 요소가 있는 것은 아닐까? 하는 생각들 말이에요.

그냥 제가 PTSD에 걸린 걸까요? 아님, 인간 여행에 무언가 특별한 것이 숨겨져 있는 걸까요?

**#6. 인간 여행자분들 거 적당히 좀 합시다!**

(리뷰 별점 ★★★★☆)

by €℃**************

　　인간 여행하시는 분들 거 적당히 좀 합시다.

　　제가 인간 여행하면서 느낀 점은 인간 중 절반은 미쳐 있고, 나머지의 절반은 미치지는 않았어도 거짓된 사람들이었고, 남은 나머지의 절반은 탐욕에 찌든 사람들뿐이라는 것이었습니다.

　　빛의 세계에 사는 우리 존재들이 선택한 인간 여행일 텐데 어쩌면 그렇게 하나같이 이상한 사람들만 있을 수 있는지 이해를 할 수가 없네요. 미치지 않고, 거짓되지 않고, 탐욕에 빠지지 않은 인간을 만나는 게 가뭄에 콩 나듯 하더군요.

　　아무리 인간 모듈을 이용해 잠시 동안 하는 여행이라

지만, 모두 너무들 하시네요.

물론 이 세계에서 할 수 없는 많은 것을 인간 여행
에서 할 수 있다는 것은 저도 잘 알고 있습니다. 인간
들이 게임 속에서 아무 거리낌 없이 마음껏 다른 사람
을 해치고 죽이는 것처럼, 우리도 인간 여행 속에서
이 세계의 나의 존재를 잊고, 나의 가치를 잊고, 마음
껏 할 수 있다는 것도 잘 알고 있습니다. 많은 인간 여
행자분이 이런 자유로움 때문에 인간 여행을 선택하
고 있다는 사실도 잘 알고 있습니다.

그래도 적당히들 하셔야지요. 인간 여행 속 인간 가
운데 거의 대부분이 미치거나, 거짓되거나, 탐욕에 찌
든 자들뿐이라니요.

그런 못돼먹은 인간들 사이에서 고귀한 가치를 찾아
내고 지켜가는 것이 많이 힘겹고 고통스럽기에, 그 고
귀한 가치의 소중함을 더욱 느끼게 되었지만, 아무리

생각해도 이게 제대로 된 여행자로서의 에티켓인지 의문이 드네요.

여행자분들의 각성도 필요하지만, 신여행사에서도 뭔가 특단의 조치를 취해야 하는 것은 아닐까요?

#7. 아, 가여운 삶이어라

(리뷰 별점 ★★★★★)

by 8A*************

아, 가여운 삶이어라.

공(空) 중에 이름이 생겼으니,

아, 가엽고 불쌍한 삶이어라.

공(空) 중에 뜻을 품었으니,

아, 가엽고 애달픈 삶이어라.

아, 가여운 인생이어라.

아, 가여운 우리네 존재들이어라.

## #8. 인간 여행 상품 오류 개선 요청드립니다

(리뷰 별점 ★★★★☆)

by ∀°F**************

인간 여행은 전반적으로 만족스러웠습니다.

구성도 알차고, 많은 지혜를 얻을 수 있었던 기회였습니다.

다만 상품에 일부 오류가 있는 것 같아 개선 요청드립니다.

인간 여행을 하다 보면, 가끔 전생이 보이는 경우가 있습니다.

꿈을 꾸다가도 우연찮게 보이기도 하고, 최면 상태에서도 가끔 보였던 것 같습니다.

인간 여행 중일 때는 긴가민가했는데, 여행을 마치고 빛의 존재로 돌아와서 보니까 그때 보았던 그 기억이 제가 얼마 전에 다녀왔던 다른 인간 여행의 기억이 맞는다는 것을 알았습니다.

이전 인간 여행에서나 이번 인간 여행에서나 여행 시작 전에 인증을 누른 건 확실합니다. 기억도 확실히 잃었었고요.

아마도 양자 얽힘의 일종인지 모르겠는데, 아무튼 외적 제한 시공간의 오류가 맞긴 한 것 같습니다.
확인 및 개선 요청드립니다.

감사합니다.

**#9. 평생 모태 솔로라니, 이게 말이 되나요?**

(리뷰 별점 ★★★☆☆)

by $\oint \sum$**\*\*\*\*\*\*\*\*\*\*\*\*\*\***

제가 인간 여행을 선택한 것은 최근에 추가된 생식 기능 때문이었습니다.

태초에서부터 빛으로 존재해왔던 우리들에게, 남자 인간과 여자 인간이 만나서 새로운 인간을 만든다는 것은 너무 이색적이고, 신선한 경험이 될 거라고 생각했습니다.

그래서 아무런 고민 없이 인간 여행 상품을 신청했고, 여행을 앞두고 너무 설레었더랍니다.

그런데 평생 모태 솔로라니요? 이게 말이 되나요?

새로운 인간을 탄생시키고 양육하는 경험은커녕, 연애 한 번도 못 해 봤네요.

모든 인간 모듈이 제각기 최고의 매력을 갖도록 디자

인되어 있다던데, 저는 인간 여행하면서 이성과 제대로 된 이야기 한 번 나눠보지 못했네요.

뭐 저도 알고 있습니다. 인간 여행의 예측불가능성, 그런 것들을 위해 저와 같이 생식의 경험이 여행 코스에서 없는 경우도 있을 수 있다는 거, 저도 잘 알고 있습니다.

그래도 아이를 낳아 고생도 하고, 기쁨도 느끼는 그런 경험은 없더라도, 이성과의 교제 정도는 한번 정도는 할 수 있어야 하는 것 아닌가요?

인간 여행에서 다른 것들은 꽤 만족스러웠지만, 저는 처음부터 이번 인간 여행에서 생식이라는 거에 큰 기대를 걸어서 그런지 많이 아쉬웠습니다.

인간 여행하면서 보니까, 여러 명의 이성 만나면서 많은 경험하는 여행자들도 보이던데, 여행 상품에서 이성 교제는 최소한 1회 정도는 할 수 있게 바꿔줄 수는 없는 것인지 문의드립니다.

## #10. 별에 대한 그리움, 고향에 대한 그리움

(리뷰 별점 ★★★★★)

by ☆★**************

인간 여행을 하면서 항상 별 하나를 바라보았더랍니다.

힘들 때나 기쁠 때나, 밤하늘의 그 별을 바라보면 마음이 편해지는 느낌을 받았습니다.

마치 그 별이 나의 고향인 듯 마음이 고요해졌죠.

찬란히 빛나지도 않고 그리 아름다운 빛깔도 아니었던 그 작은 별 하나가 언제나 저에게는 위안이자 희망이었습니다.

인간 여행이 끝나고 알게 되었죠. 그곳이 나의 원래 고향별이었음을 말이죠.

그러고 보면 인중 누르기가 원래 존재에 대한 기억을 완전히 없애지는 못하나 봅니다.

그토록 비싼 여행을 하면서, 왜 본래의 존재를 잊지 못하고 그랬었는지.

그래도 언젠가 내가 돌아가야 할 곳이 있다는 그런 막연한 꿈이 힘든 인간 여행을 끝까지 할 수 있는 소중한 힘이 되어 주었습니다.

## #11. 신여행사 서버 뚫린 듯요~

(리뷰 별점 ★★★☆☆)

by Úë**************

    인간 여행 상품 내에 인간 여행자가 아닌 다른 존재들을 볼 수가 있었습니다.

    하늘을 바라보다 지그재그 방향으로 이동하는 엄청 밝은 원형 비행체를 본 적도 있고, 한번은 숲속에서 식물을 채취하는 유달리 머리가 크고, 몸통과 손발이 작은 생명체를 본 적이 있습니다.

    기억을 되돌이켜 보면, 그 존재들 대부분은 아마도 인간 여행 상품에 대한 벤치마킹을 위해 서버에 접속한 다른 존재들이 아닌가 싶어요.

    그런데 몇몇 존재들은 정말 단지 관찰을 위해 지구를 방문한 것인지 의심이 됩니다. 인간 여행 중 제 친구 중 한 명은 그들 중 하나에게 끌려가 실험을 당했던 경험을 말해주기도 했습니다. 친구가 말하기를, '어느 날 밤 한가로이 숲을 거닐고 있었는데, 하늘에서 이상한 빛줄기가 내려오더니 자신이 그 빛에 붙잡혀 어느 비행체 안으로 끌려갔다'고 합니다. 그리고 잠시 정신을 잃었는데, 정신을 깨고 보니, 자신은 회색 빛깔을 띤 방 한 가운데의 테이블에 손발이 묶인 채 누워 있었고, 이상한 생명체들이 자신을 내려다보고 있었다고 하더라고요. 그리고 그 이상한 생명체 중 하나가 자신의 신체 조직 중 일부를 채취해 갔다고 합니다. 그리고 자신의 아래 생식 부위를 가리키며, 서로 심각하게 이야기를 나누었다고 합니다.

인간 여행 중에는 그들이 외계인 등 다른 행성 문명에서 찾아온 존재라고 생각했었는데, 지금 생각해 보면 그 존재들이 신여행사의 인간 여행 서버를 해킹하려 했던 다른 여행사의 직원들이 아니었을까 생각이 듭니다. 외계인에게 끌려갔었다고 줄곧 주장하던 그 친구가 그 존재들의 가슴 쪽에 λ(람다) 문자와 비슷한 글자들을 본

적이 있다고 하던데, 잘 아시겠지만 이 마크는 람다여 행사의 로고잖아요. 한때는 우주 여행 업계의 최강자로 불리던 그 람다여행사 말이에요. 물론 신여행사의 인간 여행 상품이 대박을 터뜨리며, 업계 일인자의 자리를 내놓게 되었지만 말이죠.

타 여행사의 추종을 불허하는 신여행사의 독자적인 발명품인 인간 모듈의 비밀을 찾아내려 한 것은 아닐까요? 그리고 최근에 업그레이드된 생식 기능의 비밀을 알아내기 위한 것은 아니었을까요?

하여튼 뭔가 해킹 시도가 있는 것은 틀림없습니다.

보안 관련하여 점검을 면밀히 진행해 보시는 게 좋은 듯합니다~.

## #12. 이런 결핍은 이제 그만

(리뷰 별점 ☆☆☆☆☆)

by ∞Å**************

자식을 먼저 보내고, 남은 인간 여행을 슬픔 속에 보냈습니다.

신여행사에 묻고 싶습니다.

이런 결핍은 어떻게 지혜가 될 수가 있을까요? 아니 그보다 먼저, 이런 결핍이 지혜가 되는 것은 맞는 것인가요?

사그라질지 모르고 커져만 가는 그 슬픔.
벗어날 수 없고, 벗어나서도 안 되는 그 결핍.
이제 이런 결핍은 이제 그만했으면 좋겠습니다.
제발.

### #13. 더 나은 존재가 되기 위한 최선의 선택, 인간 여행

(리뷰 별점 ★★★★★)

by âü**************

언젠가 충만한 모든 것에 신물이 날 때쯤, 인간 여행을 생각해 보게 되었습니다.

인간 여행은 모든 것이 좋았습니다.
꽃이 피면, 꽃이 피어서 좋았습니다.
그리고 나이가 들면서, 꽃이 지면, 꽃이 져서 좋다는 것도 알게 되었습니다.

어린 시절 시냇가에서의 정신없는 물장난이 좋았습니다.
그리고 철이 들면서 바라보게 된 해 질 녘 서쪽 하늘의 노을도 좋았습니다.
남들에게 으스대며 자랑할 때의 그 두근거리는 심장 느낌이 좋았습니다.

그리고 자신의 결핍보다 남들의 결핍을 먼저 생각하는 배려와 베풂의 마음들, 그래서 결핍된 인간들을 결핍하지 않게 하는 인간들의 따스한 손길이 좋았습니다.

늘어가는 흰머리에 한숨도 지어봤지만, 앞에서 재잘거리는 아이들을 바라보며 웃음도 지어봤습니다.

저에게 인간 여행은 모든 것이 좋았습니다.

그리고 인간 여행을 통해 마주한 지혜로 이제 더 나은 존재가 되려 합니다.

인간 여행 중 만났던 모든 인연에게 감사드립니다.

#14. ㅋㅋ

(리뷰 별점 ☆☆☆☆☆)

by ∑Å**************

그지 같은 여행 상품. 다신 안 감. ㅋㅋ

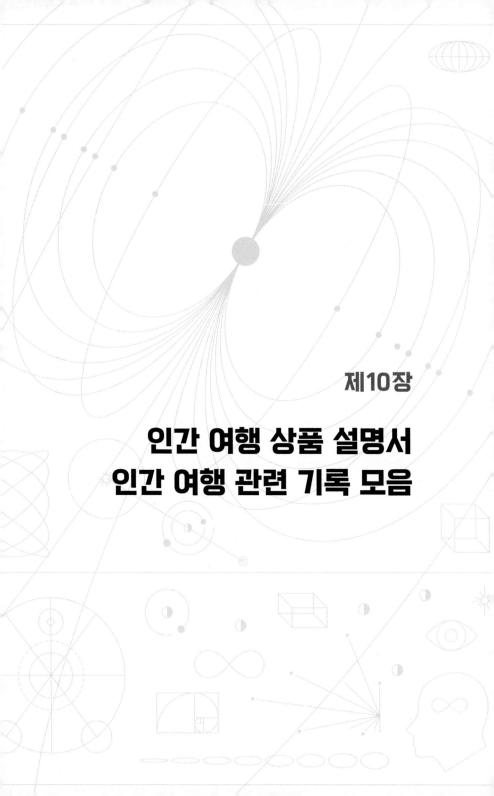

제10장

# 인간 여행 상품 설명서
# 인간 여행 관련 기록 모음

## 단상(斷想)

- 어느 인간 여행자의 일기 중에서-

어느 눈가에 눈물이 맺힌 날, 풀밭에 누워 하늘을 바라본다.

구름이 흘러간다. 양의 털 모양을 한 구름이, 새의 깃털 모양을 한 구름이 흘러간다. 구름은 물로 이루어져 있다고 한다. 물이 없으면, 생물들이 자랄 수 없다고 한다. 그렇다면 나도 없었을 거야.

태양이 떠 있다. 태양은 동쪽에서 떠서 서서히 서쪽으로 향한다. 태양은 마치 나를 둘러싼 반구 위를 돌고 있는 듯 느껴지지만, 사실은 내가 등지고 누워 있는 이 지구가 태양 주위를 돌고 있다고 한다. 저 태양이 지금 보이는 것보다 조금만 멀리 있다면,

지구는 너무 추워 아무런 생명체도 생기지 않았을 거라고 한다. 저 태양이 지금보다 조금만 더 가까웠다면, 지구는 너무 뜨거워 아무런 생명체도 생기지 않았을 거라 한다. 그렇다면 나도 없었을 거야.

바람이 분다. 바람은 공기의 대류 현상 때문에 일어난다지. 공기가 없다면, 그렇다면 나도 없었을 거야. 공기 중에 산소가 없다면, 아니 지금보다 적거나 많다면, 그렇다면 나도 없었을 거야. 공기 중에 유해 가스가 있었다면, 그렇다면 나도 없었을 거야.

들판에 핀 꽃들과 풀들을 바라본다. 그리고 꽃과 풀들의 향기를 맡아본다. 저 꽃들이 없었다면, 저 풀들이 없었다면, 초식동물이 생기지 않았을 테고, 그렇게 되면 육식동물도 생기지 않았을 거라 한다. 그렇다면 나도 없었을 거야.

꽃과 풀들 사이로 날아다니는 꿀벌을 바라본다. 꿀벌이 없다면 식물들이 수정되지 않아 생태계가 깨진다고 한다. 그렇다면 나도 없었을 거야.

저 땅 밑에는 엄청나게 많은 박테리아가 있다고 한다. 그 박테리아가 없다면, 죽은 생명체가 분해되어 흙 속의 영양소로 돌아가지 못한다고 한다. 그렇다면 나도 없었을 거야.

어둠뿐인 저 우주에 태양이 있고, 그 태양을 기막히게 적절한 거리를 두고 공전하는 지구라는 행성이 있는데, 그 지구라는 행성에는 기막히게도 물도 있고, 공기도 있고, 공기 안에는 산소도 있다. 게다가 공기 중에는 유독 가스도 전혀 없어 생명체가 생겨나기 가장 좋은 조건이라고 한다. 그리고 초기 생명체들이 진화하여 어류가 되고, 양서류가 되고, 파충류가 되고, 포유류가 되었다고 한다. 그리고 기막히게도 그 포유류 중 우연히 머리가 크고, 손을 움직이는 종이 생겼고, 그래서 내가 존재한다고 한다. 지구라는 행성의 존재 자체가 기적이며, 그 안에서 살아가는 나라는 존재 자체 또한 기적이다.

모든 물체는 어느 일정한 공식에 따라 서로 당기는데, 오묘하게도 적절한 만유인력 덕분에 지구는 태양의 주위를 공전하고, 달은 지구 주위를 공전하고, 나도 지구의 표면에 달라붙어서 저 멀리 우주로 날아가지 않는다고 한다. 그리고 이 오묘하고도 적절한 만유인력의 힘 덕분에 내 몸은 땅에 달라붙어 종잇장처럼 납작하게 되지 않는다고 한다.

지구가 태양 주위를 돈다는데, 아무리 봐도 태양이 지구 주위를 도는 것만 같다. 태양은 그저 동쪽에서 떠서 서쪽으로 질 뿐이다. 지구는 공과 같은 구체의 모양이라는데, 아무리 봐도 그저 평평한 모양만 보일 뿐이다. 들판도 평평하고, 해변에서 바라본 수평선도 그저 평평하다.

이 우주는 아주 넓다는데, 생각도 하지 못할 정도로 아주 넓다는데, 그래서 이 넓은 우주에 우리만 있다면 엄청난 공간의 낭비라는데, 아무리 하늘을 바라봐도 우주에서 날아온 외계인의 우주선은 볼 수가 없다.

인간의 발전 속도는 점점 빨라지고 있다는데, 인간의 능력은 무한하다는데, 아무리 기다려도 미래에서 타임머신을 타고 온 미래의 사람들을 만날 수가 없다. 제1차 세계대전이 일어나고, 제2차 세계 대전이 일어나고, 많은 사람이 고통 속에 죽어가도, 미래의 사람들은 과거로 와서 전쟁을 막아주질 않는다. 아무도 서로의 것을 빼앗고 서로를 죽이는 잔혹한 지금의 우리를 찾아오지 않는다.

저기 어딘가에 신이라는 존재가 있다는데, 모든 것을 할 수 있다는 신이라는 존재는 우리 인간들을 세상 어느 것보다도 사랑한다는데, 힘들다고 더 이상은 못 버티겠다고 아무리 간절히 애원해도, 신은 내 앞에 한 번도 모습을 보인 적이 없다. 잘못된 길을 가고 있는 것 같다고, 바른길로 가고 싶다고, 길을 보여 달라고 간절히 아무리 애원해도 신은 내 앞에 한 번도 모습을 보인 적이 없다.

그 넓고 광활한 어둠뿐인 우주가 있는데, 마침 타오르는 태양이 있고, 마침 지구가 있고, 마침 만유인력이 적절하고, 마침 땅도 있고, 마침 물도 있고, 마침 공기도 있고, 마침 공기 안에 산소도 적절히 있고, 마침 온도도 적절하고, 마침 꽃과 풀도 있고, 마침 꿀벌도 있고, 마침 땅속에 박테리아도 있어서, 마치 기적 중의 기적과도 같이 내가 여기에 존재하게 되었다고 한다.

그런데 더 이상의 기적은 일어나지 않는다. 아니, 그것은 기적이 아니라 당연한 일상이 되어야 하는 것들이다. 외계인이 나타나고, 미래의 인간이 찾아오고, 신이 곁에 있어주는 것은 자연스럽게 일어나야만 하는 당연한 것들이다. 하지만 그런 당연한 일들은 일어나지 않은 채 기적처럼 일어나기 힘든 일들이 벌어졌을 뿐이다.

최선을 다했는데, 이룰 수 없었다. 사랑했는데, 실연을 당했다. 진심으로 믿었는데, 배신을 당했다.

나의 잘못인지, 다른 사람의 잘못인지 알 수 없다. 내가 잘못된 것인지, 세상이 잘못된 것인지 알 수 없다.

그리고 나는 여기 심연(深淵)의 눈 속에 갇혀버렸다.

기적으로 가득 찬 나의 존재 속에 결핍으로 가득 찬 나의 삶
이 있다.

나는 누구이고, 여기는 어디일까?

## Anno Eureka

- AE 100만 년 기념집 '인류의 역사' 서문 중에서-

인류의 역사는 크게 AE(Anno Eureka)와 BE(Before Eureka)로 나누어진다. 아주 오래전 인류의 기록을 찾아보면, 역사의 시간을 AD(Anno Domino)와 BC(Before Christ)로 나누었다고 하는데, 아마도 이와 같은 방식으로 AE와 BE라는 말이 기원했을 것이다.

인류의 역사에서 최고의 혁명으로 여겨지는 유레카(Eureka)라는 그 일은 BE 7년경에 시작되었다. 당시 동굴을 탐사하던 한 연구팀이 동굴 안의 사원 안에서 책 한 권을 발견하였다. 책은 고대 문자로 기록되어 있었고, 수식으로 추정되는 여러 기호가 함께 쓰여 있었다.

책의 해독을 의뢰받은 고대어 전문가는 수개월 후 "책은 명상법에 대한 내용으로 추정되며, 완전한 해독을 하기까지는 시간이 좀 더 필요하다"라고 발표하였다.

그리고 수 년이 지난 후 책의 해독 결과에 대한 최종 발표가 있었다. (당시 고대어 전문가가 마지막 해독을 마치며, 고대 그리스의 아르키메데스가 부력의 원리를 찾아낸 순간 외쳤던 것처럼 '유레카(Eureka)!'라고 외쳤다 해서, 우리들은 그 사건을 "유레카"라고 부르게 되었다고 한다) 발표에 따르면, 책의 내용은 처음 발표처럼 명상법에 대한 것이 맞았다. 바르게 앉아서, 몸을 편한 자세로 하고, 발끝에서 머리끝까지 자신의 신체를 인지한 후, 점차 본연의 자아로 찾아가는 기술에 대해 적혀 있었다. 이와 같은 명상법에 대해서는 이미 관련 책이 세상에 많이 나와 있었고, 많은 사람이 이미 실제로 마음을 다스리는 방법의 하나로 명상을 하고 있었다.

하지만 수식이라 믿었던 기호들에는 놀라운 내용들이 담겨 있었다. 인류의 역사를 AE와 BE로 나눌 정도라면 과연 어떤 대단한 내용이 담겨 있었을까?

수식과도 같았던 그 기호들은 좌표 정보와 그에 대한 설명이었다. 과거의 어느 시간의 어느 장소로 가는 좌표, 그리고 미래의 어느 시간의 어느 장소로 가는 좌표에 대한 내용 말이다. 어떤 수식들은 시간이나 장소를 특정하는 것이 아니라 하나의 사건으로 그 시간의 장소로 가는 정보를 담고 있었다. 물론 타임머신처럼 실제로 과거나 미래의 어느 곳에 갈 수 있다는 것은 아니었다. 그 책의 좌표에 대한 내용은 명상을 통해 특정 시간대, 특정 장소의 세상을 보고, 듣고 느낄 수 있게 안내하는 지도와 같은 것이었다.

처음에 사람들은 말도 안 되는 소리라고 했다. 세상에 널린 많은 허무맹랑한 이야기들처럼 그저 마법 같은 헛소리일 뿐이라는 것이었다.

하지만 언제나 그렇듯이 새롭고, 이상하고, 신기한 이야기를 들으면, 그것에 꽂혀서 그 일만 파고드는 사람들이 있는 법. 시간이 지나면서 그 책의 이야기들이 사실이며, 그 책의 방식을 따라 했더니 정말로 과거나 미래의 어느 장소를 보고, 듣고, 느낄 수 있었다고 말하는 사람들이 생겨나기 시작했다.

과거나 미래의 이 세상 어느 곳이든 마음만 먹으면 갈 수 있는 사실, 이 얼마나 매혹적인 이야기인가? 점점 더 많은 사람이 그 책을 접하고, 그 책의 명상법을 따라 하기 시작했다. 참으로 이해하기 힘든 것은 서로 다른 사람들이라도 그 책에 따라서 같은 좌표를 설정하면 같은 공간과 시간을 탐험할 수 있다는 것이었다.

같은 좌표를 목적지로 설정한 후 명상을 한 사람들은 하나같이 같은 정보들을 말했다. 한 예로 미래의 어떤 특정 시간대의 특정 장소를 지정하고 명상에 들어간 사람들은 하나같이 주변에는 은빛 건물들이 빛나고 있었고, 수많은 우주선이 하늘을 날아다니고 있었다고 묘사하기도 했고, 다른 시공간 좌표를 목표로 들어간 어떤 사람들은 핵폭탄으로 인해 전 세계가 불바다가 되고 있는 순간을 목격했다고 하나같이 말하였다. 신기한 것은 같은 좌표를 향해 명상한 사람들의 진술이 건물의 간판 이름에서부터, 지나다니는 사람들의 옷차림, 하늘의 색깔, 날씨 등 모든 것이 어김없이 일치했다는 것이었다.

책의 내용이 과연 사실일까? 그 책이 담고 있는 내용이란 것이 우리가 그동안 알지 못했던 세상에 대한 진실을 담고 있는 것은 아닐까? 당시 세계의 연합적 구성체는 책의 내용을 검증하기 위해 1000년의 검증 시간을 갖기로 한다. 책에서 제안한 방식으로 추후 1000년의 특정 장소와 특정 시간에 대한 정보를 먼저 기록하고, 그와 같은 일들이 현실이 되어 실제로 일어나는지 검증하기로 한 것이다.

시간이 흐르면서 특정 좌표의 세상은 거의 대부분 실제 현실이 되어 다가온다는 것을 알게 되었다. 다만 몇몇 내용은 실제 현실에서는 일어나지 않았다. 초기에는 이와 같은 현상이 근거가 되어, 미래라는 것은 현실에 기반하여 이루어지는 것이기 때문에 특정 시공간의 좌표의 세상이 현실과 대체적으로 일치하는 것이고, 확률상 일부에서는 불일치 현상이 일어날 수밖에 없으며, 따라서 책의 내용에 따른 결과물이 대부분 현실과 일치하게 된 것은 우주의 섭리에 따른 자연스러운 결과일 뿐이라는 의견이 큰 힘을 얻었다.

그러던 어느 날 명상을 하던 어느 노인이 들려준 이야기는 세상에 큰 파장을 일으키게 된다. 좌표들 속의 세상 중 특정 장소에 'HVer. 3072(우리 언어로 번역할 경우)'처럼 HVer.로 시작되는 마크가 표기되어 있는데, 거의 대부분이 HVer. 3072로 되어 있지만, 소수의 특정 시공간 좌표에는 HVer. 3072가 아닌 HVer. 1704, HVer. 102 등 다른 숫자가 쓰여 있으며, HVer. 3072 마크가 없는 다른 세상에서는 인간과 비슷하긴 한데, 뭔가 어눌한 듯한 인간의 모습을 보았고, 세상 또한 우리의 세상과는 많이 다른 생소한 환경이었다는 것이었다.

그 후 호기심 가득한 많은 사람들은 HVer. 3072가 아닌 다른 HVer. 의 세상을 찾아내기 위해 혈안이 되었고, 그들이 찾아낸 새로운 HVer. 세계의 좌표들을 다른 사람들과 공유하기 시작했다. 그리고 많지는 않았지만, 상당수의 다른 HVer. 의 세계가 발견되었다. 이후 시간이 흐르면서 사람들은 놀라운 규칙을 찾아내게 되었는데, 현실로 구현되는 좌표 속의 세상들은 모두 HVer. 3072 마크가 새겨진 좌표 속 세상들이었으며, 다른 숫자를 가진 HVer.의 세상은 현실이 되지 않는다는 것이었다. 이때가 대략 AE 1200년경이었다.

그리고 사람들은 알게 되었다.
우리가 지금 서 있는 이곳이 무엇인지를.
그리고 우리가 누구인지를.

그래서 인류의 역사는 AE(Anno Eureka)와 BE(Before Eureka)로 나뉜다.

# 그리드는 혼자서 앞으로 걸어갔다네

- 그리드인 여행 설명서 중에서 -

행성 등급 위원회는 정보 및 역사 부서의 자료를 바탕으로 행성을 분류하는데, 분류 기준 중 하나인 문명화 기준의 분류에 따르면 행성은 미개발(undeveloped) 행성, 개발도상(developing) 행성, 선진(developed) 행성으로 분류된다. 이 중 미개발 행성과 개발도상 행성은 성대와 입을 이용하는 의사소통 형태가 남아 있는가?, 바퀴를 이용하는 운송 수단이 남아 있는가?, 법률체계에 정의롭지 못하고, 형평성이 결여된 부분들이 남아 있는가? 등을 비롯하여 많은 기준에 따라 분류된다.

하지만 개발도상 행성과 선진 행성을 나누는 기준은 오직 하나만 존재할 뿐이다.

'후킹이 가능한가?'

후킹이란 시간을 멈추게 하는 능력으로, 시간의 일부를 낚아 챈다는 의미에서 '후킹'이라는 용어로 우주 널리 통용되고 있다. 행성의 문명이 발전하면, 이 후킹 능력을 얻기에 앞서, '푸팅'이라는 힘을 획득하는 단계가 있다. '푸팅'은 미래의 시간으로 이동할 수 있는 능력을 가리킨다.

많은 우주인이 푸팅을 후킹보다 진화된 형태의 힘으로 착각하고는 한다. 하지만 대부분의 경우 진화의 단계에서 푸팅이 후킹보다 앞서 등장한다. 잠시만 생각해보면, 그 이유를 간단히 이해할 수 있다. 나 또는 나의 행성이 푸팅을 통해 미래의 시간으로 간다 해도, (우주 전체가 푸팅하는 일은 없다. 이론상 우주의 푸팅은 가능하기는 하지만 이것은 실제적으로 우주 시간의 정상적인 흐름과 구분이 불가능하기 때문이다) 이것은 진화에 필요한 시간만 잡아먹을 뿐이지 그 외에 아무런 이득이 없다. 푸팅의 시간만큼 다른 이 또는 다른 행성의 진화보다 뒤처지게 되는 것이다. 그렇기 때문에 이 푸팅이란 능력은 대부분의 행성에서 실험으로 가능하다는 것만 확인할 정도이지 실제로 시행하는 경우는 없다.

이와 같은 현상은 바보 같았던 그리드 행성의 선례와도 관련이 있다. 그리드 행성의 문명은 프라이란 3테라(일반적으로 1테라는 단

세포 생물이 우주선을 만들어 행성 밖으로 나가는 데 걸리는 시간을 의미한다)에 시작되었다. 프라이란 7테라에 그리드 행성에서 푸팅의 발견이 이루어졌다. 개발도상 단계의 막바지였다. 그리드 행성인들은 푸팅의 발견에 도취한 나머지 자신의 행성 그리드를 푸팅하는 바보 같은 짓을 저질렀다. 탐욕에 눈이 먼 그리드인들은 푸팅 후 그들이 주위 다른 행성인들보다 우월한 존재가 될 것이라 생각했다. 하지만 그것은 아주 큰 오산이었다. 저킹(과거의 시간으로 가는 것을 '저킹'이라고 하는데, 이 방법은 이론적으로나 현실적으로 불가능한 것으로 알려져 있다)이 가능하지 않는 푸팅 후의 세상에는 그들에게 우월감을 느끼게 해 주어야 할 푸팅 전 세상의 주위 행성인들은 존재하지 않았다. 푸팅의 목적지는 날룬 3테라였다. 푸팅이 이루어졌을 때, 그들 주위의 행성은 (이들은 그리드가 푸팅하기 전 아직 미개발 행성들이었다. 행성에는 초기 생명체에서 좀 더 진화한 그리드의 바퀴벌레와 비슷한 모습의 레이드와 그리드의 해마와 비슷한 히포가 살고 있었다) 이미 선진 행성 중에서도 가장 앞서나가는 선두가 되어, 전 우주의 존경과 부러움을 받고 있었고, 그리드 행성은 여전히 개발도상 행성일 뿐이었다. 그리드인들은 거대한 바퀴벌레와 해마의 모습을 한 레이드인과 히포인이 그들의 행성에 찾아와 "당신들은 지나치게 미개하지만, 우리는 당신들을 존중합니다."라고 말했을 때, 깊은 후회의 눈물을 흘렸다.

누군가가 탐욕에 눈이 멀어 앞으로 일어날 일에 신경을 쓰지 않고 무모하게 일을 벌이는 바보 같은 행동을 저지를 때 우주인들이 흔히 내뱉는 "그리드는 혼자서 앞으로 걸어갔다네"라는 비아냥거림도 여기서 시작된 것이다.

이 푸팅의 다음 진화의 한 단계로 후킹이 있다. 후킹의 경우 푸팅보다 많은 이점을 가지고 있다. 우주를 정지시키고, 자신의 행성만 진화할 수 있기 때문이다. 코트인 행성도 이 능력을 가진 선진 행성에 속했다. 날룬 4테라에 생성된 이 행성은 오르세 1테라 초반에 후킹이 가능하게 되었다. 코트인인들은 후킹이 가능해지자마자 이를 실행에 옮겼는데, 이 과정에서 3테라 분의 진화가 이루어졌다. 하지만 후킹을 하게 되면, 우주의 시간에 적응되는 시간이 필요했고, 이 시간은 후킹한 만큼의 시간과 비례하였다. 보통 3테라의 후킹당 1테라의 적응 시간이 필요했다. 후킹을 마친 직후에 그들이 하는 의사의 표현은 너무 빨라 알아들을 수 없을 정도였다. 그것은 마치 분필로 칠판을 긁는 소리와 비슷했다. 한참의 시간이 지나야 겨우 그것을 알아들을 정도였다. 이 같은 그들의 표현 방식은 다른 우주인에게 좋지 않은 인상을 풍겼다. (행성 유지위원회의 위원장인 사트안은 의사 표현이 빠르기로 유명한데, 일부 직원들이 그가 코트인인일지도 모른다며 농담하는 것도 이런 이유에서이다) 그리고 많은 우주인은 성실함과 주위와의 조화를 중요시했다. 후킹을 한다고 해서, 후킹 동안 그들이야 평소와 다를 바 없이 지내기는 하지만, (사실 후킹이 행해지는 많은 행성인은 하늘이 어두워지고 주변의 빛이 사라졌다고 생각할 뿐, 자신의 행성이 후킹 중이라는 것을 눈치 채지 못한다) 후킹이라는 것은 주변과의 조화에 어긋나겠다는 의미가 있었고, 많은 우주인은 이것을 좋은 시선으로 바라보지 않았다. 어떤 이들은 시간을 멈추는 것을 아주 비열한 행위라고 생각하고, 또 많은 이는 후킹이 있으면, 후킹한 시간만큼 우주의 역사도 짧아진다는 믿음을 가지고 있었다. '후킹(hooking)'이라는 단어는 어떤 면에서는 다른 우주인들의 시간을 낚아챈다는 그런 뉘앙스를 가지고 있었고, 이런 이유 때문에 '후킹'이라는 단어는 우주인들에게 직관적으로 다가왔다. 그래서 '푸팅'과 달리 '후킹'은 같은 의미를 지닌 다른 표현이 존재하지 않았다. ('푸팅'의 경우에는 '점핑', '패스팅', '드리핑' 등 많은 다른 용어가 혼용되어 사용된다) 그래서 후킹 또한 기술을 보유하고 있더라도 실제로는 거의 사용되지는 않았다.

어린 사트안은 썬블럭 고글을 벗으면서 중얼거렸다.

"이제 푸팅이 끝났나 보네."

푸팅은 아주 잠시 동안이었지만, 푸팅이 진행되는 동안 외부에서 들어오는 빛의 양이 워낙 많기 때문에 행성의 지도자들은 푸팅에 앞서 행성을 둘러싼 썬블럭 막을 설치하였다. 그리고 모든 행성인들에게 썬블럭 고글을 지급하며, 푸팅 동안 절대 고글을 벗지 말라고 당부하였다.

푸팅이 임박했음을 알리는 사이렌이 울리자, 아버지는 사트안에게 고글을 씌워 주면서 말했다.

"사트안, 우리는 이제 새로운 세상으로 가는 거란다. 어때? 너무 신나겠지? 과연 미래는 어떤 세상일까?"

고글을 썼지만, 푸팅이 일어나는 동안 고글을 통해 비친 세상은 낮과 같이 밝게 빛났다. 어린 사트안은 아버지의 손을 꼭 움

켜줘었다. 아버지의 손에는 땀이 흥건했다. 잠시 후 고글 밖의 세상은 다시 칠흑 같은 어둠으로 변했다. 그리고 다시 푸팅이 끝났음을 알리는 사이렌 소리가 들려왔다.

사트안이 바라본 새로운 세상은 이전과 변한 것이 없었다. 황금색으로 빛나는 지상 도시의 건물들과 하늘을 덮고 있는 공중 도시의 건물들 모두 변함이 없었고, 착륙했던 은색 우주선들이 다시 바삐 움직이기 시작했다. 변한 것이라고는 저 멀리 하늘 위로 서서히 사라지고 있는 썬블럭 막이 보인다는 것뿐이었다. 사트안에게 푸팅 이후 미래의 세계 속의 삶은 이전과 다를 게 없었다.

그리고 그날이 찾아왔다. 레이드인과 히포인이 찾아와 그리드인들에게 "당신들은 지나치게 미개하지만, 우리는 당신들을 존중합니다."라는 메시지를 남긴 것이다. 기괴한 모습의 외계인이었지만, 사트안은 한눈에 알아볼 수 있었다. 그 외계인의 모습이 얼마 전 우주 박물관에서 보았던, 이웃 행성에 산다는 조그만 바퀴벌레와 해마와 닮아있다는 것을 말이다.

아버지와 어머니는 참담한 표정으로 눈물을 흘리며 텔레그램을 바라보았다. 외계인에 대한 내용이 끝난 후에도, 아버지와 어머니는 조금의 미동도 없이 퀭한 눈을 하고서는 텔레그램을 바라보았다.

그리고 이튿날 아침 잊을 수 없는 그 일이 일어났다. 잠자리에서 일어난 사트안은 이상한 느낌이 들었다. 사트안은 잠이 많았기 때문에 보통 어머니와 한바탕 소동을 벌인 후에야 침대에서 끌려나왔다. 하지만 그날 사트안은 늦게까지 잤고, 혼자 스스로 일어났다. 사트안은 부모님을 찾아 집안 여기저기를 돌아다녀 보았지만, 부모님은 보이지 않았다. '혹시 밖에 나가신 것은 아닐까?' 하며, 부모님이 자주 찾는 장소를 찾아다녀 보았지만, 마주친 것은 자신처럼 부모님을 찾고 있는 아이들뿐이었다.

그랬다. 행성의 모든 어른이 사라진 것이었다. 자신들이 저지른 이 바보 같은 짓에 대한 죄책감 때문이었을까? 자신들의 오랜 꿈을 이룬 순간 마주할 수밖에 없었던 시간의 본질에 대한 허무함 때문이었을까? 행성의 모든 어른은 그날 아침 아무런 자취도 남기지 않은 채 사라져 버렸다.

처음에는 어떤 아이도 부모님들이 사라졌다는 것을 믿지 않았지만, 얼마간의 시간이 지나자 아이들은 빠르게 깨닫기 시작하였다. 이유야 무엇이든 행성의 모든 어른은 떠났으며, 그들이 다시 돌아오지 않으리라는 것을 말이다.

그리고 아이들은 모여서 아이들만으로 이루어진 새로운 행성 시스템을 만들기 시작했다. 시간이 꽤 걸리기는 했지만, 아이들이 만들어낸 시스템은 이전 그리드 행성의 시스템과 크게 다를 것이 없었다. 다행히도 그들의 문명은 이미 거의 대부분이 자동화되어 있었기 때문에 비교적 수월하게 새로운 시스템을 만들 수 있었다. 어떤 아이들은 공무원이 되었고, 어떤 아이들은 과학자가 되었으며, 어떤 아이들은 의사가 되었고, 어떤 아이들은 예술가가 되었다.

레이드인과 히포인이 그리드를 방문한 지 180년 후, 250살이 된 젊은 사트안은 '셀베이션'이라 불리는 행성 정부 산하의 비밀 연구소에서 일을 하고 있었다. 이 연구소의 정중앙에는 찬란하고 아름다운 문명을 만들어낸 그리드인을 하루아침에 '탐욕과 어리석음'의 대명사로 만들어 내는 데 큰 공을 세운 '미래로'라는 이름의 푸팅 장치가 자리하고 있었다. 사트안은 출근할 때 이 기계 장치를 올려보며 생각하곤 했다.

'우리가 바보일지는 몰라도 탐욕스러운 것은 아니었는데.'

행성인들은 가급적 푸팅에 대한 얘기하는 것을 꺼렸다. 가슴

아픈 과거, 그리고 그런 과거를 만들어 낸 자신들에 대해 얘기한다는 것은 너무나도 자존심이 상하는 일이었다. 그렇기에 그리드 행성의 정부는 육지와 연결된 것이라고는 다리 하나밖에 없는 이곳 샤인트 섬 안에 셀베이션이라는 비밀 연구소를 세웠다. 이 셀베이션은 밖에서 보았을 때 셀베이션이 보이지 않도록 홀로그램화 처리된 반구로 뒤덮여 있었고, 외부의 어떤 운송 수단도 다리를 통하지 않고서는 섬 안으로 진입할 수 없었다.

이 연구소에서 비밀리에 하고 있는 연구는 '저킹', 즉 과거로 시간을 돌려놓는 것에 대한 것이었다. 과거로 시간을 돌릴 수만 있다면, 더 이상 그리드인은 이 우주의 조롱거리가 되지 않을 것이다. 그리고 그들은 다시 부모님들을 만날 수 있을 것이다. 또한, 과거로 시간을 되돌릴 수 있다는 것은 조롱거리가 될 수 있다는 부담 없이 미래로 갈 수도 있다는 것을 의미했고, 이러한 능력은 그들 그리드인을 시간의 주인으로 만들어 줄 것이고, 또한 그리드인을 우주에서 가장 강력한 존재로 만들어 줄 것이다. 이 저킹 기술은 이론적으로 불가능한 것으로 알려졌고 (이미 모습을 드러내어 양자적 현실로 구현된 과거와 현재의 공간 안에 저킹을 통해 새로운 일부 공간 구조를 추가하거나 삭제하는 것은 이론적으로 불가능하다), 우주 역사상 실현되었다고 알려진 바가 없었다. 연구소가 설립되고 지난 십여 년의 시간 동안 연구는 답보 상태에 있었고, 연구소 안에서도 저킹 기술의 개발은 역시 불가능하다는 부정적 인식이 팽배해 있었다.

하지만 최근에 우연히 빛보다 빠른 물질인 '타키온'을 사트안이 발견하면서, 저킹 기술에 대한 연구는 큰 진척을 이루었고, 저킹과 푸팅이 모두 가능한 '맘대로'라는 이름의 타임머신을 만들어 냈다. 그리고 타키온을 발견해 낸 사트안에게 타임머신의 첫 탑승자라는 명예가 주어졌다. 그리고 맘대로의 첫 시험은 그리드의 푸팅 전 마지막 날로부터 1쿠인이 지난 '슬픔의 날'이라는 행성의 국조일의 하루 전날로 정해졌다.

맘대로에 오른 사트안은 먼저 1쿠인을 되돌려 푸팅이 이루어지기 직전의 시간으로 향했다. 자신에게 썬블럭 고글을 씌워 주고 있는 아버지와 그 옆에 서서 사랑스러운 눈빛으로 어린 사트안을 바라보는 어머니를 멀리서 바라보았다. 사트안의 눈에 감격과 아쉬움의 눈물이 흘렀다. 사트안은 수십 번을 과거로 돌아가기를 반복하면서, 아버지와 어머니를 바라보았다.

이후 사트안은 프라이란 6테라, 프라이란 3테라, 프라이란 1테라를 거쳐, 그동안 알려진 바가 없던 브리츠 45테라, 브리츠 17테라, 픽스마 136테라, 픽스마 25테라, 니안 3243테라, 니안 17테라를 거쳐, 우주의 시작을 보았다. 어둠에서 먼지가 생기고, 먼지에서 태양과 행성이, 그리고 행성들에 생명체가 태동하고, 생명체들이 우주선을 만들어 여행을 시작하는 모습이 눈에 들어왔다.

우주의 처음을 바라본 사트안은 미래로 향했다. 프라이란 8테라, 프라이란 12테라, 날룬 3테라, 날룬 5테라, 날룬 12테라, 오르세 3테라, 그리고 오르세 7테라. 오르세 7테라에 도착한 사트안은 공허로 채워진 우주를 바라보았다. 태양도 행성도, 그리고 우주를 날아다니는 소행성 조각 하나조차도 남은 것이 없었다. 온 우주에는 어둠만 있을 뿐 빛이라고는 찾아볼 수 없었다. 우주에는 이미 죽음이 찾아온 듯했다. 사트안은 우주 종말의 순간을 두 눈으로 직접 확인하고 싶었다. 오르세 4테라. 우주는 셀 수 없이 많은 태양과 행성, 그리고 쉴 새 없이 움직이는 생명체들로 넘쳐났다. 그리고 오르세 6테라. 이미 우주는 끝장난 뒤였다. 오르세 5테라의 시작. 아직 우주는 살아있다. 오르세 5테라의 마지막. 역시 우주는 이미 끝이 나 있다. 사트안은 시간의 간격을 줄여가면서, 우주 종말의 순간을 쫓았다. 오르세 5테라 876피나.

아직 살아있음. 오르세 5테라 877피나. 이미 죽음. 오르세 5테라 876피나 53쿠인. 아직도 살아있음. 오르세 5테라 876피나 54쿠인. 이미 죽음. 하지만 거기까지였다. 타임머신의 시간 최소 단위는 쿠인이었다. 아무래도 석연치 않았다. 이 거대하고 시끄럽던 우주가 단 1쿠인 만에 아무런 흔적도 없이 사라져 버리다니. 사트안이 지켜본 우주의 시작은 아주 긴 시간에 걸쳐 이루어졌다. 프라이란의 모든 테라를 합한 시간보다도 더 걸리는 시간 동안 우주는 태어났다. 그런데 그런 우주가 이렇게 갑자기 생명력을 잃어버린 것이다. 이것은 자연스럽지 못했다.

'정말 아무것도 남은 것이 없는 것일까?' 사트안은 참을 수 없는 의구심에 이미 끝장나 버린 우주의 이곳저곳을 탐험하기로 마음먹고, 타임머신의 공간 속도를 최대로 하였다. (타임머신은 우주선의 템플릿에 타임머신 기능을 추가한 것이기 때문에 공간 이동은 타임머신의 기본적인 기능이었다) 그러던 중 어느 날 죽은 우주가 공허의 어둠으로만 채워진 게 아니란 사실을 알게 되었다. 방향을 알 수는 없지만, 한쪽 방향으로 계속 향하던 사트안은 30일 동안 23회의 공간 점프를 하고 나자, 저 멀리에서 어둠이 끝나고 빛이 시작되는 것을 보았다. 그리고 7개월 2주 동안의 점프가 지나자 이 빛의 우주가 끝나고, 다시 어둠의 우주가 시작되었다. 어둠으로 채워진 우주와 빛으로 채워진 우주가 반복해서 나왔고, 대체로 빛의 우주를 통과하는 시간이 어둠의 우주를 통과하는 시간보다 7배 내지 10배 정도 더 걸렸다. 20여 년의 시간이 흐른 후에는 빛의 우주만 계속되었다. 그리고 빛의 우주를 3개월 정도 지났을 때, 우주선은 눈에 보이지 않는 어떤 벽에 막혀 더 이상 앞으로 갈 수 없었다. 사트안은 어쩔 수 없이 반대 방향으로 향했고, 2년 6개월의 빛의 우주, 40년여의 빛과 어둠의 우주, 그리고 다시 2년 6개월 정도의 빛의 우주, 합하면 약 50년 정도의 시간의 시간이 흐른 뒤, 다시 눈에 보이지 않는 벽에 막혀 더 이상 앞으로 갈 수 없었다. 이후 사트안은 방향을 다시 반대로 돌린 후, 약 22년 6개월 동안 앞으로 향했고, 처음 자신의 타임머신이 도착했던 곳에 이르자 좌측으로 방향을 꺾어 다시 여행을 시작하였다. 이전과 비슷한 패턴이었지만, 벽에 도달하기까지 37년 6개월 정도 걸렸고, 이곳에서 반대쪽의 벽까지는 75년의 시간이 걸렸다. 그리고 사트안은 다시 출발 지점으로 돌아왔다. 그리고 이번에는 위아래의 우주를 탐험하였다. 위아래는 그리 오랜 시간이 걸리지 않았다. 첫 출발점에서 위쪽 끝까지 11년 6개월,

아래쪽 끝까지 3년 6개월 정도의 시간이 걸렸다.

오랜 여행 후 사트안은 알게 되었다. 우주는 가로, 세로, 높이의 비율이 약 15:10:3 정도의 직육면체라는 것을. 그리고 죽은 우주는 대부분의 빛과 일부 어둠의 구간이 규칙적인 비율을 이루며 채워져 있다는 것을. 직육면체의 우주 모양은 정말 부자연스러웠다. 직육면체 모양의 우주라니. 게다가 일정한 규칙성을 지닌 빛과 어둠의 구간을 가진 우주라니. 이것은 자연스럽지 않았고, 마치 누군가에 의해 의도적으로 만들어진 듯한 느낌을 주었다. 신, 우주의 창조자이자 파괴자, 뭐라고 부르든지 그 하나의 절대 존재가 정말 있는 것일까?

사트안은 맘대로의 중앙 기억 장치를 열어, 오랜 여행 동안 모아진 기록들을 다시 살펴보았다. 그러면서 빛과 어둠의 구간을 입체적으로 재구성하였다.

그리고 사트안은 희미하게 떠오른 문자들을 바라보았다.

'GVer. 4079'

## 머리에 쏙쏙 양자역학

-동화로 배우는 양자역학 제3권 중에서-

## 이름 없는 괴물들의 이야기 I

이름 없는 괴물들은 어두운 집이 너무 싫었어요.

어두운 집 안에서는 함께 놀 수가 없었거든요.

그래서 괴물들은 집 밖으로 나가기로 했지요.

한 괴물은 오른쪽 문으로 다른 괴물은 왼쪽 문으로 나갔어요.

하지만 집 밖에 나간 괴물들은 깜짝 놀랐어요.

오른쪽 문밖의 세상도 왼쪽 문밖의 세상도 온통 어둠뿐이었거든요.

함께 놀고 싶었던 괴물들은 너무 실망했답니다.

그래서 괴물들은 다시 집으로 돌아왔어요.

〈해설〉

　빛의 역사는 파동성과 입자성의 전쟁이었다. 수 세기 전 17세
기에도 "빛은 입자다. 아니다 파동이다"라는 말이 많았다. 호이
겐스[크리스티안 호이겐스 또는 크리스티안 하위헌스(Christiaan Huy-
gens, 1629-1695)로 불리는 네덜란드의 수학자, 물리학자이자 천문학자이
다. 1690년에 빛의 반사, 굴절, 그리고 회절 등 빛에 관한 파동 이론을 다
룬 「빛에 관한 논술」을 출간하였다. 이 이론은 아이작 뉴턴(Isaac New-
ton)이 자신의 저서 『광학』에서 다룬 빛의 입자설과 반대편에 서 있는 이
론이었다] 같은 사람은 빛은 파동이라고 주장하고, 뉴턴은 입자라
고 주장했다. 그래도 당시에는 "역시 물리학 하면 뉴턴!" 하는 시
대였기 때문에 빛은 입자라는 주장이 오랫동안 받아들여졌다.
그러다가 19세기 초 영국의 영[토마스 영(Thomas Young, 1773-
1829)은 영국의 의사이자 물리학자로, 빛의 파동이론을 증명하는 이중 슬

릿 실험을 개발했고, 이로써 빛의 입자설과 파동설에 대한 논란에 종지부를 찍었다]이라는 사람이 파동이론을 이용해 빛의 간섭을 설명하고 나서는 '이중 슬릿 실험'을 통해 '빛은 파동이다'라는 생각이 널리 받아들여진다. 게다가 19세기 말에는 영국의 맥스웰[제임스 클러크 맥스웰(James Clerk Maxwell, 1831-1879)은 스코틀랜드에서 태어난 영국 물리학자로 '빛은 전자기파의 일종이다'라는 빛의 전자기파설을 제안하였다]과 독일의 헤르츠[하인리히 루돌프 헤르츠(HeinrichRudolf Hertz, 1857-1894)는 독일의 물리학자로 전기진동 실험을 통하여 전자기파의 존재를 처음으로 실증해 보였다. 진동수의 단위 헤르츠(Hz)는 그의 이름을 기리는 의미에서 만들어졌다]가 빛이 전자기파의 일종이라는 것을 밝혀내면서, 그간의 오랜 싸움은 파동설의 승리로 끝나는 것처럼 보였다. 그러나 후에 과학자들이 추가 연구를 통해 빛이 입자라고 주장하기 시작했다. 광전효과를 연구한 사람들이 빛이 입자라고 주장하기 시작한 것이다. 아인슈타인도 이 광전효과에 대한 연구를 해서 노벨상을 받았다. 내용인즉, 빛이 금속이나 원자 속에 들어 있는 전자를 떼어낼 때는 광양자와 전자와의 일대일 충돌로 전자가 튀어나온다는 것이다. 따라서 에너지가 큰 광양자는 전자를 떼어낼 수 있지만, 에너지가 작은 광양자는 아무리 많아도 전자를 떼어낼 수 없다. 이것으로 진동수가 작은 붉은빛은 아무리 강하게 빛을 비추어도 광전자가 나오지 않지만, 진동수가 큰 푸른빛은 약하게 비춰주어도 전자가 튀어나오는 것을 설명할 수 있었다. 또한 같은 색을 비춰 주었을 때 튀어나오는 광전자의 에너지가 모두 같은 것도 설명할 수 있었다. 같은 색의 빛은 모두 같은 에너지를 가지는 광양자로 이루어졌으므로 전자와의 충돌로 전자에 전해주는 에너지가 같기 때문이다. 이러한 내용은 빛의 입자성에 대한을 설명으로서, 이렇게 해서 다시 주도권이 입자성으로 넘어간다.

## 이름 없는 괴물들의 이야기 II

하지만 이름 없는 괴물들은 어두운 집이 너무 싫었어요.

그래서 괴물들은 다시 집 밖으로 나가기로 했지요.

괴물들은 너무나도 함께 놀고 싶었거든요.

괴물들은 함께 오른쪽 문으로 나갔어요.

하지만 오른쪽 문밖의 세상은 온통 어둠뿐이었어요.

괴물들은 함께 왼쪽 문으로 나갔어요.

하지만 왼쪽 문밖의 세상도 온통 어둠뿐이었어요.

함께 놀고 싶었던 괴물들은 너무 실망했답니다.

그래서 괴물들은 다시 집으로 돌아왔어요.

## 〈해설〉

영의 실험에서, 광자 발생기의 강도를 크게 낮춰서 1초당 광자 하나가 발사되도록 조절하더라도 역시 스크린에는 간섭무늬가 보이게 된다. 1초당 광자가 하나씩 발사된다면, 간섭이 일어날 수가 없음에도, 스크린에는 여전히 간섭무늬가 보이게 된다. 입자설과 파동설 둘 다 이런 현상을 설명할 수 없지만, 양자역학을 이용하면 이를 설명할 수 있다. 양자역학의 설명은 이렇다. 파인만[리차누 필립스 파인만(Richard Phillips Feynman, 1918-1988)은 미국의 물리학자로, 〈파인만 씨 농담도 정말 잘하시네요〉를 비롯 여러 대중적인 저작물을 통해 과학의 대중화에 힘썼으며, 아인슈타인과 함께 20세기 최고의 물리학자로 일컬어진다. 여기에서의 해석은 파인만의 물리학 책인 〈파인만 강의〉 제3권의 해석에 바탕을 두었다]의 설명에 따르면, 하나의 광자는 두 개의 슬릿을 동시에 거쳐 온다. 즉 스크린에 도달한 광자는 두 개의 가능한 과거를 갖고 있으며, 이들이 결합되어 나타난 확률파동에 의해 스크린의 특정 위치에 도달할 확률이 결정된다. 광자의 두 슬릿을 각각 통과하는 파동확률이 스크린에서 합쳐지면서 간섭무늬가 나타난다는 것이다.

## 이름이 생긴 괴물들의 이야기

한 괴물이 물었어요.

"너는 이름이 뭐니?"

"나는 이름이 없어."

다른 괴물이 물었어요.

"너는 이름이 뭐니?"

"나도 이름이 없어."

그래서 괴물들은 서로에게 이름을 지어주었지요.

'착한 괴물', '나쁜 괴물'.

착한 괴물과 나쁜 괴물은 어두운 집이 너무 싫었어요.

괴물들은 너무나도 함께 놀고 싶었거든요.

그래서 착한 괴물과 나쁜 괴물은 다시 집 밖으로 나가기로 했지요.

집 밖에 나간 괴물들은 깜짝 놀랐어요.

세상이 온통 밝아진 것 아니겠어요.

착한 괴물과 나쁜 괴물은 서로를 바라보았어요.

착한 괴물의 모습을 본 나쁜 괴물은 착한 괴물과 함께 놀고 싶었어요.

하지만 나쁜 괴물의 모습을 본 착한 괴물은 나쁜 괴물과 함께 놀고 싶지 않았어요.

그래서 괴물들은 다시 집으로 돌아왔어요.

<해설>

광자에 꼬리표 달기 실험의 내용이다. 지나가는 광자에 꼬리표를 달아주는 장치를 두 개의 슬릿 바로 앞에 각각 설치한다. [꼬리표 부착기라는 것은 슬릿을 통과하는 광자의 스핀 축이 어떤 특정 방향으로 향하도록 해주는 장비이다] 다시 말하면, 광자가 1번, 2번 슬릿 중 하나를 통과하게 되어 있는데, 1번 슬릿 앞에는 스핀 축을 위로 향하게 하는 꼬리표 부착 장치가 있고, 2번 슬릿 앞에는 스핀 축을 아래로 지나게 하는 꼬리표 부착 장치를 설치한다. 이후, 입자가 도착한 위치뿐만 아니라 스핀의 축의 방향까지 측정할 수 있는 고급형 스크린을 사용하면 '어떤 광자가 어떤 슬릿을 통과했는지' 판별할 수 있다. 이렇게 장비를 만든 상태에서 실험을 하면 원래 보였던 간섭무늬가 더 이상 스크린에 나타나지 않게 된다. 그 이유는 슬릿 바로 앞에 장치한 꼬리표 부착기가 광자가

어떤 슬릿을 통과했는지 알려주기 때문에 광자는 간섭이라는 성질을 포기하고 입자처럼 행동하기 때문이다. 입자가 된 광자는 한 번에 하나의 슬릿만을 통과할 수 있으므로 확률 파동의 중첩이 일어나지 않으며, 따라서 간섭무늬도 나타나지 않게 된다.

## 이름을 잃어버린 괴물들의 이야기

나쁜 괴물이 말했어요.

"나는 내 이름이 싫어."

착한 괴물이 말했어요.

"나는 내 이름이 좋은데."

나쁜 괴물이 말했어요.

"나도 이제 착한 괴물 할래."

그래서 나쁜 괴물은 착한 괴물이 되었답니다.

착한 괴물들은 어두운 집이 너무 싫었어요.

착한 괴물들은 너무나도 함께 놀고 싶었거든요.

그래서 착한 괴물들은 다시 집 밖으로 나가기로 했지요.

하지만 세상은 다시 온통 어둠뿐이었어요.

함께 놀고 싶었던 착한 괴물들은 너무 실망했답니다.

그래서 괴물들은 다시 집으로 돌아왔어요.

## 〈해설〉

변형이 가해진 스컬리와 드륄의 실험에 대한 이야기이다. 1982
년 스컬리와 드륄[마를란 스컬리 (Marlan O. Scully)과 카이 드륄(Kai
Druhl)은 미국의 물리학자로, 1982년 '지연 양자지우개'라는 개념을 도입
하였다]이라는 사람들은 '지연 양자 지우기'라는 실험을 했는데,
여기에 약간 변형이 가해진 이야기이다. 제2 실험과 같은 상황에
서 광자가 스크린에 도달하기 직전에 광자의 과거 정보를 어떻게
든 지워버릴 수 있다면, 스크린에는 어떤 무늬가 나타날까? 광자
가 어떤 슬릿을 통과했는지 알려주는 정보를 무효화시키면, 다
시 말하면 스핀 축이 어떤 방향이지 모르게 만든다면, 두 개의
경로를 동시에 지나온 과거가 다시 부활하면서, 스크린에 간섭무
늬가 나타날까? 다시 말하면, 꼬리표 부착기의 정보를 다 지워버
린다면, 즉 광자의 스핀 축이 위로 향해 있는지, 아래로 향해 있

는지 다 지워버리는 장치를 추가한다면, 어떻게 될까? 그럴 경우 스크린 바로 앞에 광자의 스핀 축에 대한 정보를 지워버리는 장치를 추가하면, 광자는 다시 스크린에 간섭무늬를 만들어내기 시작한다.

## 이름을 다시 찾은 괴물들의 이야기

한 착한 괴물이 말했어요.

"내가 나쁜 괴물이 될게."

다른 착한 괴물이 말했어요.

"그럼 나는 착한 괴물이 될게."

나쁜 괴물과 착한 괴물은 어두운 집이 너무 싫었어요.

괴물들은 너무나도 함께 놀고 싶었거든요.

그래서 나쁜 괴물과 착한 괴물은 다시 집 밖으로 나가기로 했지요.

세상은 다시 밝아져 있었어요.

나쁜 괴물과 착한 괴물은 서로 바라봤어요.

그리고

'우적우적'

나쁜 괴물은 착한 괴물을 잡아먹었답니다.

<해설>

광자감지기라는 것은 광자가 슬릿을 통과했음을 감지하는 장치이다. 앞서 나온 광자의 꼬리표 부착 장치와 비슷한 이야기이다. 이때 광자감지기의 스위치를 꺼 놓으면 스크린에는 원래의 영의 실험 결과처럼 간섭무늬가 선명하게 나타나게 된다. 그러나 광자감지기의 스위치를 켜면, 감지기가 광자를 감지했다면 광자는 그 길로 간 것이고, 감지하지 못했다면 다른 쪽 길로 간 것이 되어, 광자가 어떤 슬릿을 통과했는지 알게 된다. 신기한 것은 감지기에게 자신의 경로를 들켜버린 광자는 파동성을 잃어버리고 입자처럼 행동하기 때문에 스크린에는 더 이상 간섭무늬가 나타나지 않는다는 것이다. 여기서 이제 광자감지기의 위치를 스크린에 가까운 쪽으로 이동시킨다면 어떻게 될까? 이 경우에도 광자감지기의 스위치를 꺼 놓으면 스크린에는 간섭무늬가 나타나고,

스위치를 다시 켜면 간섭무늬는 사라진다. 왜냐하면 이 실험에서 광자가 어떤 경로를 통과했는지 확인하는 과정은 광자가 슬릿을 지나고 나서 한참이나 지나서 이루어졌기 때문이다. 광자는 슬릿을 지나는 순간에 파동처럼 지나가서 두 개의 경로를 동시에 지나갈 것인지 아니면 입자처럼 행동하면서 한 번에 하나의 경로만을 따라갈 것인지를 결정하게 된다. 그리고 이제 막 광선 발생기에서 나와서 슬릿을 향해 달려가는 광자는 아직 지나가지도 않은 저 앞에 있는 광자감지기의 스위치가 켜져 있는지 아니면 꺼져 있는지 알 길이 없다. 만약에 광자가 어디를 통과하는지 인지하는 광자감지기의 스위치가 꺼져 있다면, 광자는 처음부터 파동적인 성질을 가지고 두 개의 경로를 동시에 지나가야 한다. 그래야 스크린에 간섭무늬를 만들 수 있기 때문이다. 그리고 만약 광자감지기에 도달했을 때 스위치가 켜져 있었다면 광자는 당혹스럽게 될 것이다. 파동처럼 행동하기로 마음먹고 처음부터 지금까지 그렇게 날아왔는데, 눈앞에는 자신의 입자성을 관측하려는 광자감지기가 자신의 존재를 잡아내려고 버티고 있으니 말이다. 이런 상황에서 광자는 어떻게 할까? 광자는 말 그대로 쿨하다. 이것저것 생각할 것도 없이 그간의 모든 일을 모두 다 쿨하게 잊고, 입자처럼 행동한다. 신기하게도 이러한 현상은 광자감지기의 거리와 상관이 없다. 광자감지기가 광자발생기로부터 아무리 멀리 있어도 광자감지기의 스위치가 켜져 있기만 하면 광자는 무조건 입자처럼 행동한다. 더욱 신기한 것은 스위치가 광자가 날아오는 동안 바뀌어도 [켜짐에서 꺼짐으로 그리고 꺼짐에서 켜짐으로 바뀌어도] 똑같은 결과가 나타난다는 것이다. 제아무리 우주 저 멀리에서 발생한 광자라 해도, 저 멀리 우주 끝에서 시작된 후, 이중 슬릿의 역할을 하는 어떤 우주의 힘에 이끌린 후, 지구에 날아오게 되어, 당신의 책상 위의 광자감지기에 걸려 버렸을지라도, 이 같은 광자의 쿨한 성격은 변함이 없다.

## 〈요약〉

빛이 관찰자가 있고 없음에 따라, 입자성의 성질이 있고, 없다는 것은 빛이라는 것이 관찰될 때, 다른 말로 다른 어떤 존재가 빛을 입자인지 아닌지 유심히 보고 있을 때(빛이 입자인지 파동인지 관심 없이 그냥 멍 때리고 있는 상황과는 다르다), 그 실체를 드러내어 입자성을 띠게 된다. 누군가 자신이 입자인지 아닌지 관심도 없다면, 그저 자기 멋대로 입자인 듯 아닌 듯 맘껏 모습을 가지고 있다가, 자신을 누군가가 바라보면서, 자신의 존재를 누군가 인식하고 있을 때(광자가 인식을 하는지 안 하는지는 모르겠으니, 그저 누군가 자신을 인식하고 있다고 하자), 당당히 자신의 모습을 드러내며, "나 이런 존재요"라고 말한다.

## 결핍의 형평성, 그 아름다움에 대하여

- 바위에 기록된 아주 오래 전 인간 여행자의 이야기 중에서 -

"마. 잘 지내?"

"당연하지. 타라, 너도 잘 지내지?"

마와 타라는 오랜 친구였다. 그들은 어릴 적부터 함께 사냥하고, 물고기를 잡고, 풀밭에서 뛰어놀기도 했다. 둘은 성인이 되는 의식도 같이 치렀는데, 그들이 함께 잡은 늑대의 해골이 누산 마을 어귀에 걸려 있는 것을 그들은 아주 자랑스러워했다. 오늘은 며칠 후에 있을 온다르(일 년 중 가장 밝고 큰 달을 기념하여 마을에서 벌어지는 축제)에 쓸 타바[주로 산 어귀에서 자라는 넓은 잎사귀를 가진 식물로, 이 잎사귀를 태운 연기는 사람들에게 안도감과 기쁨을 주었다. 온다르에서는 마을의 광장 한가운데에 나무에 불을 피운 뒤, 사람들이 주위

를 돌며 "간가스우에~ 간가스우에(크고 밝다는 의미) 하고 외치는데, 이
때 이 타바 잎사귀를 불에 태워 홍을 돋우는 데 사용된다) 잎사귀를 얻
기 위해 만난 것이다.

"찬은?"
타라는 엄지손가락을 추켜올리며 물었다.
"물론 잘 지내지."
찬은 마의 아들이었다. 마와 아라 사이에 태어난 아들.
찬은 다른 아이들보다 늦게 태어났다. 다른 아이들은 보통 달
이 열 번 바뀌기 전에 태어났는데, 찬은 달이 열 번 바뀐 후에도
보름이나 더 지나서야 태어났다. 마와 아라는 많이 걱정하였다.
하지만 아이가 태어났을 때, 이들은 괜한 걱정을 했음을 알았다.
아기는 아주 멀쩡했다. 팔과 다리가 다 있었고, 눈, 코, 입과 귀
가 다 있었다. 아니 아들은 다른 아이들보다 더 나았다. 머리가
아주 컸고, 눈도 커 보였다. 아기를 보러 온 사람들은 모두 아기
를 보고는 '신이 보내 준 선물'이라며 좋아했다. 마을 원로 중의
하나인 타난 할아버지는 항상 아래를 바라보는 아기의 눈을 보
고는 '아래로 인간을 내려다보던 신의 모습을 아직도 간직하고

있는 것'이라며 마와 아라에게 귀띔해 주었다. 그래서 마와 아라 는 아들에게 '신의 아들'이라는 뜻을 지닌 '찬'이라는 이름을 지어 주었다.

찬은 잘 자랐다. 머리도 점점 커졌고, 눈도 점점 커졌다. 마을 사람들은 찬이 점점 신의 형상을 닮아간다며 좋아했다. 찬은 말 이 거의 없었다. 아마도 신들은 말을 자주 하지 않는 듯했다. 찬 은 가끔 몸을 부르르 떨면서, 눈을 왔다 갔다 했는데, 아마도 신 과 대화를 나누고 있는 듯했다. 찬이 신과 대화를 나눴다는 소 식이 마을 사람들에게 알려지면, 그날 저녁에 마을 사람 대부분 이 마와 아라의 집에 모여들었다. 그리고 찬을 바라보면서 신의 비밀을 하나라도 더 듣기 위해 찬과 가까이 앉으려고 자리싸움 을 벌이고는 했다. 그럴 때면 찬은 세상에 둘도 없을 미소를 지 으면서 "워우워우" 하며 이야기를 들려주고 했다. 마을 사람들은 찬의 이야기를 듣고 돌아가면서, "신이 우리를 보살피고 계신다" 면서 좋아했다. 마을 원로 중의 하나인 누카스 할머니는 찬이 들려준 이야기를 모아서, '신과의 대화'라는 글을 대나무에 새겨 책을 만들었는데, 이는 마을 아이들이 가장 좋아하는 이야기이 기도 했다. 온 동네 아이들은 저녁마다 누카스 할머니 집의 마당에 모여 앉아 초롱초롱한 눈빛을 하고 누카스 할머니의 이야기를 듣고는 했다. "아주 오래전, 저 멀고 먼 별나라에서는 말이지" 하며 시작하는 누카스 할머니의 이야기는 아무리 들어도 질리지 않는 재미가 있었다. 그래서 아이들뿐만 아니라 마을 어른 중에도 누카스 할머니의 이야기를 좋아하는 이가 많았다. 가끔 신에게 버림받은 제다가 헤어진 아들 루카를 만나 "내가 너의 아버지다"라고 하는 장면에서는 아이들의 환호성이 다른 마을에까지 들릴 정도였다.

마와 아라는 이런 아들을 갖게 된 것을 자랑스러워했고, 자신들이 찬의 부모라는 것에 뿌듯해했으며, 이 모든 것에 대해 신에게 감사하게 생각하였다.

이런 이유로 마을 사람들은 찬을 가리킬 때 최고라는 의미에서 엄지를 추켜들었다.


오늘은 운 좋게도 타바 군락지를 찾아내서, 힘도 별로 들이지 않고 마와 타라 각각 두 개의 큰 바구니를 채울 수 있었다.

마와 타라는 골짜기를 따라 산을 내려왔다. 이들은 골짜기에서 평소에는 보기 힘든 메기까지 잡고, 한층 가벼워진 발걸음으로 산을 내려왔다.

"하하. 저 돌 말이야. 여자 거기처럼 생기지 않았어?"

타라는 들판 한가운데에 서 있는 바위를 가리키며 말했다. 마치 납작한 돌 두 개를 포개어 놓은 그런 모습이었다.

"가운데에 풀까지 난 게 정말 똑같네. 하하."

타라의 말을 듣고 보니, 정말 그런 것도 같았다.

"그러게."

"우리 저기 가볼까?"

타라의 말에 마가 대답했다.

"그래. 한번 가보지 뭐."

마와 타라는 바위를 향해 달려갔다. 양어깨에 매달린 바구니들이 엇박자가 되어 흔들리는 바람에 뛰기가 쉽진 않았다.

가까이에서 보니, 바위는 두 개의 돌이 포개어진 것이 아니라, 하나의 돌이었다. 납작한 바위의 허리 부분을 둘러싸고 아주 깊이 움푹 팬 흔적이 있었다. 마을 아이들이 갖고 노는 나무 장난

감 '요요'처럼 생겼다고 해야 하나? 눈사람을 위아래에서 눌러 놓은 모양으로 생겼다고 해야 하나? 어쩌면 타라의 표현이 가장 적당한 표현인 것 같기도 하였다.

마와 타라는 바구니를 내려놓고, 바위 위로 올라가 앉았다.

홈이 패인 부분에 발을 내려놓을 수 있어, 앉아 있기 편했다.

저 멀리 들판 너머, 누산 마을이 보였다. 참으로 마음이 편해지는 모습이었다.

마는 저기에 아라와 찬이 있다고 생각하니, 더 없이 마음이 기뻐졌다.

이제 타라는 산에서부터 들고 온 나뭇가지로 바위에 올라온 개미들을 후려치는 데에 여념이 없었다.

마가 입을 열었다.

"한님이 축복하신 게 틀림없어." ('한'은 누산 마을에서 섬기는 신으로, 마을에서는 낮아졌던 태양의 고도가 다시 높아지기 시작하는 날을 '신이 잠에서 깨어난 날'이라 생각하여, '쿠리스'라는 축제를 열고 기뻐하였다. 이 축제는 온다르와 함께 이 마을의 가장 큰 축제였다)

"한님의 축복이라고?"

타라가 마를 바라보며 물었다.

마가 대답했다.

"그럼. 한님의 축복이고말고. 한님의 축복 없이 어떻게 이런 일이 일어날 수 있겠어?"

마는 태양을 바라보았다. 한님을 오래 보고 싶었지만, 눈이 너무 부셨다. 한님을 너무 오래 쳐다보다가 눈이 멀어버렸다는 샨그라의 이야기가 떠오르자, 마는 얼른 눈을 내려 풀밭을 다시 바라보았다. 풀들이 먹먹하게 잘 보이지 않는 것이 한님이 화가 나신 게 틀림없었다.

타라가 다시 물었다.

"뭐가 한님의 축복이라는 거야? 타바 많이 딴 거? 아님 메기 잡은 거?"

마가 대답했다.

"아니, 이 모든 것이 전부 다."

마의 말에 타라는 말없이 풀밭을 바라보았다. 풀밭 사이사이로 꽃들이 흐드러지게 피어 있었다.

한참이 지나서야 타라가 다시 입을 열었다.

"그렇다면 말이야."

마가 타라에게 고개를 돌리며 물었다.

"응? 그렇다면?"

타라가 말했다.

"그렇다면 한은 왜 나에게는 축복을 주지 않은 거지? 아라는 너에게로 갔고, 나와 주시아 사이에는 아기도 안 생기고. 신의 아들은 바라지도 않는데 말이야. 이건 너무 불공평한 거 아냐?"

타라의 말에 마는 깜짝 놀랐다.

"…"

마와 타라는 또다시 한동안 말이 없었다.

타라가 갑자기 일어서더니 소리쳤다.

"하하. 난 개미의 신 타라님이시다. 어디 감히 나를 쳐다보는 것이냐? 무릎을 꿇어라. 이 작고 어리석은 존재여! 내가 바로 너희들의 신 타라다."

그러고는 타라는 나뭇가지로 바닥의 개미들을 더욱 세차게 후려쳤다. 놀란 개미들은 우왕좌왕했고, 어떤 개미들은 겁에 질렸는지 더 이상 움직이지 않고 멈춰버렸다.

한동안 타라는 개미들을 후려쳤다. 그리고 마는 풀밭을 바라보며, 앉아 있었다.

노을이 지고 있었다.

"타라, 이제 갈까?"

마가 물었다.

"어 시간이 벌써 이렇게 지난 거야?"

타라가 노을을 보며 말했다.

타라는 바위를 뛰어내려, 마를 보며 웃으며 말했다.

"어이, 대박 축복받은 놈. 집에 가자."

마도 바위를 뛰어내리며 말했다.

"어이, 개미의 신. 집에 가자."

마와 타라는 다시 바구니를 어깨에 들고 집으로 향했다.

"주시아의 엉덩이다."

타라가 왼쪽 엉덩이를 마의 엉덩이에 부딪히며 말했다. 마가
비틀거렸다.

"아라의 엉덩이다." 마가 오른쪽 엉덩이를 타라의 엉덩이에 부
딪히며 말했다. 타라가 비틀거렸다.

타라가 말했다.

"그럼 나는 주시아의 엄마 엉덩이다."

마가 말했다.

"그럼 나는 아라의 엄마 엉덩이다."

"그럼. 난 주시아의 엄마의 엄마."

"그럼. 난 아라의 엄마의 엄마."

비틀거리며 가는 마와 타라의 앞으로 노을이 다하고 어둠이 찾아오고 있었다.

가벼운 발걸음이었지만, 누산 마을은 그리 가까운 곳은 아니었다.


"안녕. 타라."

"안녕. 마. 또 봐"

"그래. 잘 가."


마을 입구에 들어서자 마와 타라는 인사를 나누고 헤어졌다. 마을 어귀에 걸려 있어야 할 늑대 해골이 어디로 갔는지 알 수 없었지만, 이미 너무 어두워진 터라 내일 날이 밝은 후에 함께 찾아보기로 했다.

타라는 시냇가 근처의 집을 향해 갔다. 마는 마을 뒷산 앞의 집을 향해 걸어갔다. 이미 깜깜해진 지 몇 시간이 흘러 밤하늘의 별들이 잘 보였다. 밤하늘을 가로지르는 은하수가 오늘은 한 층 더 영롱하고 아름다워 보였다.

'타라가 아라를 마음에 두고 있었구나.'

마는 타라에게 미안한 생각이 잠시 들었지만, 아라의 얼굴이 떠오르자 오히려 기쁨이 솟아났다.

"한의 능력은 하늘보다 높아 끝이 없다네.

한의 축복은 바다보다 넓어 끝이 없다네."

타난 할아버지가 가르쳐 준 노래를 흥얼거리며, 마는 집으로 걸어갔다.

오늘도 구나이의 집의 불은 이미 꺼져 있었다. 어렸을 적부터 잠이 많았던 구나이는 어른이 되어서도 여전히 잠이 많았다. 언제나 일찍 잠이 들었고, 어떤 날은 해가 지기도 전에 잠이 들었다. 무언가 물컹한 것이 발에 채이더니 떼굴떼굴 굴러갔다. 마는 다가가서 자세히 살펴보았다. 손가락 한 마디하고 절반 크기의 눈알이었다.

'불쌍한 자쿠. 결국 잡아먹혔구먼.'

자쿠는 얼마 전에 태어난 구나이집의 송아지였다. 자쿠는 수컷이었고, 수컷 소는 아무짝에도 쓸모가 없었다. (당시 누산 마을은 아직 농경 사회 이전이었다. 먹을 것은 사냥과 채집에 의존하고 있었다. 그래서 수컷 송아지는 태어나고 얼마 안 가서 잡아먹거나, 좀 더 키운 다음에 잡아먹거나 했다. 하지만 송아지는 어릴수록 맛있다 하여, 태어나고 일 년이 지나기 전에 잡아먹는 게 보통이었다. 교미를 위해 남겨진 몇몇 우수해 보이는 수컷 송아지들을 제외하고는 다 큰 수컷 소가 될 수는 없었다)

아직도 많은 집에는 불이 켜져 있었다. 하지만 집들은 하나같이 조용했다.

저 멀리 산등성이 아래로 마의 집의 불빛이 보였다.

집에 빨리 가고 싶은 마음에 마는 걸음을 재촉했다. 집의 형체가 점점 가까워 보였다.

집 앞에는 마을 사람들이 모여 있었다.

조금 더 걸어가자, 웅성거리는 사람들의 소리가 들리기 시작했다.

'오늘도 찬이 신과 대화를 했나 보구나.'

마는 어깨를 으쓱하고서는 집으로 달려가기 시작했다.

마당 앞에는 사람들이 겹을 이루며 둘러싸고 있었다.

"저예요. 마. 찬의 아버지."

마의 소리에 사람들이 고개를 돌려 마를 쳐다봤다. 난쟁이 바
룬과 바난 부부도 있었고, 뚱보 산다도 있었고, 잠보 구나이도
거기에 있었다. 귀머거리 라인도 사람들이 마를 쳐다보자 고개
를 돌려 마를 쳐다봤다.

"무슨 일 있어요? 찬이 무서운 얘기를 했나보군요?"

마는 마당으로 걸어갔다.

점점 많은 사람이 고개를 돌려 마를 쳐다보며, 길을 내어 주
었다.

사람들 사이를 지나 마당 앞에 마는 멈춰 섰다.


"산에서 늑대가 내려왔었네."

타난 할아버지가 말했다.

"비명을 듣고 달려왔는데…. 오, 한이시여."

누카스 할머니는 울먹거리며 말을 잇지 못했다.


마당은 온통 피와 피떡으로 얼룩져 있었다. 아라의 왼쪽 아랫
배에는 배의 절반을 차지하는 큰 구멍이 나 있었고, 그 사이로
내장들이 쏟아져 나와 있었다. 왼쪽 다리는 허벅지 아래로 남아

있지 않았고, 팔은 양쪽 모두 없었다. 두피는 거의 벗겨져 두개골이 드러났는데, 단단한 두개골 뼈 때문에 먹기를 포기한 듯했다. 오른쪽 볼과 귀 부분의 피부가 뜯겨, 안쪽의 살과 뼈가 드러나 있었고, 마라의 양쪽 눈은 위를 바라보고 있었다. 찬은 두개골이 약해서였는지, 오른쪽 두개골이 파여 있었다. 뇌의 일부분은 잘려나가고 없었고, 파인 부분을 통해 멀겋고 핏빛을 한 액체가 흘러나오고 있었다. 한쪽 눈구덩이는 깊이 패 있었고, 남은 한쪽 눈은 아래가 아닌 앞을 바라보고 있었다. 이제야 인간이 되어 가고 있는 것 같았다. 가슴 아래쪽으로는 남아 있는 게 없었고, 양쪽 팔도 거칠게 잘려 나가 있었다.

마는 아라와 찬에게 다가갈 엄두가 나지 않았다.

마는 밤새 그 자리에 멈춰 서 있었다.

타라의 말이 머릿속을 떠나지 않았다.

"이건 너무 불공평한 거 아냐?"

# 행성 만들기 실습

- 신여행사 설립자 신의 과거 실습 일지 중에서 -

**실습 첫째 날**

스타넬 교수의 '행성 만들기 실습'에 수강 신청을 한 것이 이렇게 후회될 줄은 몰랐다.

람다여행사 입사를 위해서는 '행성 만들기' 강의가 필수 수료 과목이기 때문에 신청하긴 했지만, 그래도 약간의 기대 정도는 가지고 있었다.

"뭔가 새로운 거 만들지 않으면 전부 다 F 받을 줄 알아!"

스타넬 교수의 말을 듣는 순간 하늘이 노래지는 것 같았다.

얇은 네모 알을 품은 안경테 위로 보이는 교수의 눈은 사냥감을 앞둔 포식자의 눈빛을 하고 있었다.

그래도 일단 오늘 빛과 어둠을 만들어내는 데까지는 성공했다.

하지만 문제는 내일이다.

아니 도대체 행성을 완전한 구체로 어떻게 만들어 낸다는 말인가?

그것도 공중에 띄운 채로 말이다.

어쩔 수 없지. 커닝이라도 하는 수밖에.

그나마 우등생 자이란 옆에 앉게 되었으니 다행이다.


**실습 둘째 날**

어젯밤에는 일기를 쓴 후에도 잠이 오지 않았다.

어떻게 하면 새로운 것일까? 한참 고민을 했고, 기발한 아이디어가 하나 떠올랐다.

쌍둥이 행성.

행성 두 개를 같은 모습으로 만들어서, 이 두 행성에 어떤 문명이 자라나는지 보는 것이다. 동일한 두 개의 행성은 일치하는 진화의 형태를 보일 것인가? 아님, 다른 모습의 진화를 보여줄 것인가? 아마도 이런 나의 시도는 행성 진화론에 기존에 있지 않았던 새로운 지혜를 가져다줄 것이다.

우선은 행성을 공중에 뜬 구체를 만들어야 했기 때문에 옆자리의 자이란을 유심히 관찰하였다. 자이란은 정말 천재이다. 자이란은 기둥 여섯 개로 정사면체를 만들더니, 각각의 기둥에 같은 양의 렌즈안 에너지를 가해, 산타페를 정중앙에 응집시킨 후, 주변에 주위 물질이 둘러싸게 했다. 처음에는 렌즈안 에너지로 생긴 열 때문에 불덩어리였지만, 식은 후에 보았더니 그것은 완전한 구체의 행성이었다. 대단한 녀석이다.

나는 자이란의 방식을 약간 변형해서 기둥 아홉 개로 서로 한 면이 연해 있는 두 개의 정사면체를 만들고, 역시 각각의 기둥에 같은 양의 렌즈안 에너지를 가해, 산타페를 두 정사면체의 중앙에 응집시킨 후, 응집된 두 산타페의 주변에 주위 물질을 둘러싸게 했다. 그러자 공중에 뜬 두 개의 완전한 구체가 생겨났다. 모방에서 창조가 나온다고 했던가? 두 개의 행성을 보고 있자니 웃음이 절로 나왔다. 내친 김에 두 정사면체가 연한 면의 가운데를 중심으로 해서 두 개의 행성을 서로 반대 방향을 그리며 공전시켜 보았다. 두 행성이 서로 멀어져 가는 모습이 제법 볼만했다.

### 실습 셋째 날

오늘은 육지와 바다를 만드는 날이었다. 두 행성을 여기저기 약간씩 주물러 줘서 울퉁불퉁하게 만든 후 물을 뿌렸더니, 육지와 바다가 생겨났다. 다음으로 움직이지 않는 생명체의 씨앗을 뿌렸더니, 두 행성이 움직이지 않는 생명체로 무성해졌다.


### 실습 넷째 날

오늘은 실습실에 준비되어 있던 태양을 행성에 붙이는 날이었다. 다행스럽게도 어둠의 에너지로 힘을 얻는 행성을 만들어 낸 다스가 자기는 태양이 필요 없다고 해서, 두 행성에 모두 태양을 붙여줄 수 있었다. 태양은 두 행성 주위를 아주 잘 돌아갔다. 태양을 붙이고 나니, 좀 더 그럴듯한 멋진 행성이 되었다.


### 실습 다섯째 날

오늘은 움직이는 생명체를 만들어서 행성에 풀어 놓았다. 물과 육지에 사는 움직이는 생명체하고, 하늘을 날아다니는 것들을 풀어놓았는데, 생명체들이 좋아하면서 잘 놀았다. 이 정도면 A+는 아니더라도 A0나 A- 정도는 받을 수 있겠지?

실습 마지막 날

마지막 날이었다.

실습실을 들어가면서 보니, 자이란이 만든 행성에서는 벌써 움직이는 생명체들이 고도의 지적 생명체로 진화하여, 우주선을 만들어 행성 밖으로 나가려고 준비를 하고 있었다. 한편에서는 사제로 보이는 천연색의 긴 옷을 입은 행성인 하나가 몸을 굽혀 땅에 얼굴을 대고 있는 많은 행성인 앞에서 자이란을 향해 양손을 뻗치면서 예배를 드리고 있었다. 땅에 엎드린 행성인들은 두려움에 떨고 있었으며, 사제로 보이는 맨 앞의 긴 옷을 입은 행성인의 표정은 사뭇 진지하고 엄숙해 보였다. 그 앞에서 자이란 또한 경건한 표정을 한 얼굴을 내밀고, 사제로 보이는 맨 앞의 행성인에게 여러 율법을 말해 주고 있었다. 자이란이 율법을 말해 주면서 가끔 행성의 땅과 물을 건드리자 행성의 땅과 물에 미세한 파동이 생겼다. 그러자 사제로 보이는 듯한 그 긴 옷을 입은 행성인이 엎드린 행성인들에게로 돌아서서는 들고 있는 지팡이로 자이란과 흔들리는 땅과 물을 번갈아 가리키며, 행성인들에게 뭐라고 말을 하였다. 그리고 이 말을 들은 행성인들은 이전보다 더 몸을 떨며 온몸이 땅에 닿도록 더욱 엎드리더니 하나둘 겁에 질려 울면서 뭐라고 애원하면서 절을 하기 시작했다. 자이란 녀석은 정말 대단한 녀석이었다.

'나의 행성인들은 어떻게 되었을까?'

'같은 모양의 두 행성에서 과연 같은 문명이 생겼을까? 아니면 다른 문명이 생겼을까?'

한껏 기대에 부풀어 나의 실습 자리로 갔을 때, 나는 놀라움에 벌린 입을 다물 수가 없었다.

'오, 신이시여!'

내 행성들에게 밤새 무슨 일이 있었던 것일까?

행성 중 하나는 처음에 렌즈안 에너지로 행성 만들 때처럼 불덩어리로 변해 있었다. 게다가 무슨 일인지 행성 주위로 또 다른 조그만 불덩어리가 따라 돌고 있었다. 다른 행성은 불덩어리까지는 아니었지만, 행성의 일부분이 벌겋게 달아올라 있었다. 그리고 행성 내부에 있어야 할 산타페가 행성 표면 여기저기에 박혀 있었다. 그제야 나는 지난밤에 두 행성이 충돌했음을 알게 되었다. 그러면서 행성 중 하나는 산타페까지 외부로 방출될 정도로 큰 손상을 입고 불덩어리로 변해 버렸고, 이 행성에서 방출된 산타페는 그나마 행성 모양은 유지되었던 다른 행성의 표면에 박혀버린 것이다. 오전 실습 시간 내내 나는 망연자실한 채 망가진 행성들만 보고 있었다. 실습 내내 책상에 앉아서 데이터 돌판만 쳐다보던 스타넬 교수는 가끔 고개를 들어 나를 쳐다보았다. 하지만 도대체가 어디서부터 다시 손봐야 할지 엄두가 나지 않았다.

동료들이 점심을 먹으러 가자고 했지만, 나는 점심을 먹을 기분이 아니었다. 하지만 점심을 먹지 않고 실습실에 앉아 있다고 뾰족한 수가 떠오르지는 않았다. 행성을 바라보고 있던 나는 책상에 엎드린 채 잠이 들어버렸다.

한 시간 정도 잠이 들었을까? 잠에서 깨어난 나는 눈을 비비며 나의 일그러진 작품을 바라보았다.

그런데 이게 웬일이람? 두 행성 모두에 지적 생명체가 생겨 있었다. 그중 산타페가 표면에 박혀 있던 행성에서는 상당한 수준의 문명이 형성되어 있었다. 우주선도 날아다니고, 행성인 간의 교감 체계도 완성되어 있었다. 그리고 형평성에 근거한 율법체계

또한 형성되어 있었다. 아마도 표면에 박힌 생명에너지의 근원인 산타페가 행성 표면 여기저기에 있으면서, 진화의 속도가 가속된 것 같았다.

하지만 행성 전체가 불덩어리로 변해버렸던 다른 행성의 지적 생명체는 처참했다. 아직도 바퀴를 이용한 운송체계가 남아 있었고, 입과 성대를 이용하여 의사소통을 하고 있었다. 이것은 기술의 발전 단계가 아주 초보 단계이며, 거짓된 의사소통의 형태가 남아 있는 것이었다. 하지만 더욱 문제인 것인 형평성이 없는 율법 체계였다. 행성의 자원은 충분하였지만, 자원의 많은 부분을 극히 일부 소수의 행성인이 독차지하고 있었고, 대다수의 행성인은 남은 자원으로 살아가고 있었다. 그래서인지 이 행성의 행성인들이 하는 말들은 "배고파", "추워", "살려줘" 같은 결핍에 대한 내용뿐이었다. 또한 이 행성의 행성인들은 다른 동족 행성인들을 죽이기도 했다. 하지만 이와 같은 것들은 나도 어쩔 수가 없었다. 형평성이 결여된 행성의 자원 분배는 이 행성인들의 선택 문제였다. 나의 실습 과제는 어디까지나 행성의 창조까지일 뿐이다.

그러나 심장을 후벼 파듯이 나의 마음을 아프게 하는 것 하나가 있었다. 행성을 지켜보던 나는 어느 이상한 소리를 들었는데, 그것은 들릴 수도 없는, 들려서도 안 되는 소리였다.

그것은 어느 아이 행성인이 내는 소리였다. 아이는 머리가 크고, 눈도 컸다. 그리고 아이의 눈은 아래쪽을 바라보고 있었다. 수두증이었다. 아이는 가끔 눈을 뒤집으면서 몸을 부르르 떨면서 경기를 하기도 했다. 아이는 그러고 나서는 "워우워우"라고 말하곤 하였다.

'워우'라니. 그것은 이미 오래전에 사라진 자연의 언어였다. 세상의 현상이 변하여 이루어진 언어, 자연의 언어. '워우'라는 자연어는 세상이라는 틀 속에서는 '아픔'이고, 세상 속의 '아픔'은 자연어의 틀 속에서 '워우'이다.

이 아이가 어떻게 자연의 언어를 말하는 것일까? 나는 이 행성인의 머릿속을 들여다보았다. 거기에는 결핍 말고는 아무것도 없었다. 행성인 아이의 머릿속에는 어떠한 지식, 어떠한 세속의 정보도 없었고, 단지 고통이라는 것만 똬리를 틀고 있었다. 세상에 대한 아무런 지식과 정보도 없었기 때문에 아이는 모든 것을 있는 그대로 자연의 언어로 표현했고, 오직 고통이라는 것만이 그를 휩싸고 있었기 때문에 아이는 '워우워우' 하며 자신의 아픔을 자연의 언어로 말하고 있는 것이었다. 아이의 뇌는 얼굴 근육을 제대로 움직이기에 많이 부족했고, 그렇기에 그 깊은 고통 속에 있으면서도 아이는 마치 미소를 짓는 듯한 표정을 하고 있었다. 온몸을 사그라뜨릴 만큼 큰 고통 속에 있으면서도, 웃고 있는 듯한 아이의 표정은 나를 깊은 혼돈 속으로 밀어 넣었다.

아이의 미소를 바라보면서, 그리고 아이의 '워우워우' 소리를 들으면서, 나 자신이 더할 수 없이 역겨워졌다. 얼마 지나지 않아 아이는 엄마와 함께 산에서 내려온 늑대에게 공격을 받아 죽어 버렸다. 하지만 아이의 '워우워우' 소리는 꺼지지 않고 둥둥거리며 쉼 없이 들려오는 북소리처럼 머릿속에서 쉬지 않고 들려왔고, 그 소리는 점점 커졌다.

'너희에게 선물을 줄게.'
'너희에게 세상에서 가장 소중한 것들을 줄게.'
'너희가 생각해 보지도 못한, 그리고 생각하지도 못할 세상에서 가장 소중한 선물을 너희에게 줄게.'

내가 정신을 다시 차렸을 때, 나의 양손에는 보랏빛 핏물이 꿀

럭꿀럭 뿜어져 나오는 나의 오른쪽 심장이 들려 있었고, 힘주어 심장을 누르고 있는 양손의 손가락들 틈으로 그 보랏빛 핏물들이 꾸역꾸역 흘러나오고 있었다. 그리고 나의 오른쪽 가슴은 보라색 피로 물들어진 거친 가장자리를 보이며, 휑하니 뚫려 있었다. 외적 제한 시공간을 창조해 내는 에너지 챠이론. 우연을 운명으로 바꿀 수 있는 힘 차이론. 가드인의 피 차이론. 그리고 나는 사과에 꿀물이 흘러내리듯 내 앞의 행성을 타고 흘러내리는 보라빛 차이론 핏물들을 보았다.

스타넬 교수는 데이터 돌판을 뛰어넘어 나에게 달려왔다. 자이란은 구급함으로 달려갔고, 멍청하고 둔한 다른 친구들은 망치를 얻어맞은 표정으로 계속해서 나를 바라보고 있었다. 정신이 희미해져 갔다.


'아마도 가끔은 느끼게 되겠지.

우연인 듯하기도 하고 운명인 듯하기도 한 그런 순간들의 느낌을.

아마도 가끔은 말하게 될 거야.

우연이 운명의 다른 이름이라고.

아마도 언젠가는 알게 될 거야.

왜 모든 것들이 그들의 선택의 문제였는지를.

그리고 그들이 어떤 존재인지를.'


잠시 후, 나는 정신을 잃었고, 이틀이 지난 후인 오늘 아침이 되어서야 다시 정신을 차릴 수 있었다. 약간 욱신거리긴 했지만, 나의 오른쪽 가슴에는 새살이 돋아나 있었다. 그리고 내가 만든 행성들은 침대 옆 탁자 위에 놓여 있었다. A+라는 쪽지가 받침대에 붙여진 채로 말이다. A+라는 큰 글씨의 아래에는 다음과 같은 말이 적혀 있었다.

'이번 작품은 새롭기는 했네. 하지만 다시 이런 작품을 만든다면 전혀 새로운 게 아니라는 사실을 명심하게. -교수 스타넬-'


나는 눈을 들어 나로 하여금 심장을 후벼 파게 만든 아이가 살았던 행성의 여기저기를 유심히 살펴보았다. 행성은 움직이지 않는 생명체들과 움직이는 생명체들로 넘쳐났다. 그리고 행성은 그 처참해 보였던 지적 생명체의 후손들로 넘쳐나고 있었다. 그러던 중 나는 깜짝 놀랐다. 행성인 중 하나가 어느 동그란 돌 위에 누워 나를 바라보고 있었다. 그는 그냥 멍하니 하늘을 바라보는 게 아니라, 정확히 나의 눈을 바라보고 있었다. 푸른빛을 띤 하얀 바탕에 맑은 갈색 홍채와 검은 눈동자를 가진 눈이었다. 우리는 한동안 말없이 서로를 쳐다보았다.

내가 먼저 입을 열었다.

"선물이 마음에 드니?"

그는 대답했다.

"네. 너무 좋아요. 제가 원했던 선물이에요."

그러더니, 그는 입꼬리가 귀에 닿도록 미소를 지었다.

그 미소를 보고 있자니, 나에게도 미소가 지어졌고, 노래가 흥얼거려질 정도로 기분이 몹시도 좋았다.

제11장

# WE HOPE YOU ENJOY YOUR TRIP
# 즐거운 여행되시기 바랍니다

기장 대천사 가브리엘이 말씀드립니다.

즐겁고 쾌적한 비행 되셨나요?

지난 49일간 이루어진 몸 안으로 빛을 이식하는 작업은 순조로이 진행되었습니다.

우리 우주선은 잠시 후에 목적지인 인간 여행을 위한 출발지에 도착하겠습니다.

인간 여행에 앞서 인간 여행에 필요한 서류를 다시 한번 확인해 주십시오.

특히 인간 여행 시작 시공간 정보가 잘못 기입되지는 않았는지 재차 확인 부탁드립니다.

지금 이곳, 인간 여행의 출발지인 지구는 오늘도 어김없이 다사다난(多事多難)합니다.

오늘도 저희 신여행사의 T807 편을 이용해주셔서 대단히 감사합니다.

저희 승무원들은 앞으로도 여러분의 안전하고 편안한 여정을 위해 정성을 다하겠습니다.

마지막으로 인증 누르는 것, 잊지 마시길 다시 한번 당부드립니다.

즐겁고 편안한 인간 여행 되시기 바랍니다.


감사합니다.



모든 존재를 위한 모든 것들

신여행사

언젠가의 저처럼 눈가에 얼룩져 있을지 모를 여러분의 눈물을 닦아드리고 싶었습니다.

언젠가의 저처럼 지쳐 있을지 모를 여러분의 발걸음을 가볍게 해드리고 싶었습니다.

"인간 여행 설명서"와 함께하는 여러분의 빛나는 인생을 응원합니다.

*Run, You Clever Boy, Run!*

*And, Remember!*

*⟨Doctor Who⟩*